女たちは二度遊ぶ

大活字本シリーズ

吉田修一

埼玉福祉会

女たちは二度遊ぶ

装幀　巖谷純介

女たちは二度遊ぶ　目次

どしゃぶりの女

本当になんにもしない女だった。炊事、洗濯、掃除はおろか、こちらが注意しないと、三日も風呂《ふろ》に入らないほどだった。

女は名前をユカといった。尋ねる日によって、「結ぶに花と書いてユカ」だとか、「理由の由に、香るって書くのよ」などと言った。疲れているときには、彼女がどう言おうと放っておいたが、たまに気分のいい日など、「で、どれが本当なんだよ?」と訊《き》くと、「カタカナでユカが本当」と答える日と、「ひらがなでゆか」と答える日があって、統計的に「カタカナでユカ」と答えたときは、彼女の機嫌が悪い日だった。

正直なところ、彼女と初めて会った日のことを、ぼくはほとんど覚えていない。いくら記憶を巻き戻してみても、最初に出てくる映像は、すでに彼女と寝てしまったあとの、どしゃぶりだった早朝の風景で、記憶のビデオテープはそれより前に巻き戻そうと、いくらがんばってみても、ビデオデッキはウンウン唸《うな》るだけで、一ミリたりともそれより前には戻らない。

ただ、このビデオテープには、タイトルがついている。

『仁《じん》ちゃんがとつぜん女友達をぼくのアパートへ連れてくるの巻』

これがビデオのタイトルなのだが、映像がその翌朝からしか残っていないので、ビデオテープに間違ったタイトルを貼ってしまったということも考えられないわけでもない。

とにかく、このタイトルが正しければ、あの夜、高校時代からの遊び友達だった仁ちゃんが、とつぜん電話をかけてきて、「これから女の子たち連れて、おまえんちに遊びにいくよ」と連れてきた二人の女の子のうちの一人がユカだったのだ。

告白してしまえば、このころの仁ちゃんとぼくは、お世辞にも誠意を持って女性とお付き合いするようなタイプの男ではなかった。お互いにもてる男ではなかったが、一見もてない男のほうが、どうすればもてるかを知っているわけで、そこに若さも加わって、今週はこっちでちょろちょろ、来週はあっちでうろうろと、自分たちでも呆《あき》れて笑い出してしまうほど遊びまわっていた。

話をユカに戻す。とにかく、彼女は仁ちゃんがとつぜんぼくの部屋に連れてきた二人の女の子のうちの一人だったことに間違いない。連れてきた者の特権で、おそらくその夜、仁ちゃんは自分が気に入ったほうを隣駅にあった自分のアパートへ連れ帰ったはずだ。とすれば当然、ぼくの部屋にはぼくとユカだけが残ることになる。

で、記憶がやはり途切れる。ただ、翌朝の光景（外はどしゃぶりで、布団の中には間違いなくユカがいた）はしっかりと覚えているわけだから、会ったその夜にやることだけはきちんとやっていたのはたしかだ。

「やだ〜。雨じゃな〜い。それもどしゃぶり……」

たぶんこれが、ぼくの記憶に残る最古のユカの言葉だ。

当時、部屋のサッシ戸にカーテンはつけていなかったので、畳に敷いた布団からも、どんよりとした空は丸見えで、干しっ放しだった洗濯物はずぶ濡《ぬ》れになり、まるで出来の悪いコーラスラインのように、その重そうな手足を動かしていた。

「雨が上がるまでいれば」

そんな言葉がすんなりと口から出た。もちろん、やさしい気持ちからではなく、「この雨が上がったら、帰ってくれよ」という気持ちからだ。

実際、女を泊めた翌朝の最初の対応が、その後の面倒臭さの度合いを決める。さすがに仁ちゃんのように、「もうやったんだから、すぐに帰ってくれ」などとは言えないぼくにとって、女の子を自分の部屋から追い出すのは至難の業だ。

「今夜は何時くらいまで一緒にいられる？」などと、先の先ぐらいしか考えずに言ってしまえば、「何時までいてほしい？」と逆に問い返されて、「そんなの……何時まででもいてほしいに決まってるだろ」と、敵の術中にはまってしまう。

かといって、「ごめん、今日ちょっと用があるんだ」などと、自分が先に逃げ出そうとすれば、「そっか。分かった。……じゃあ、今度はいつ会える？」と、先手を打つ女もいれば、「そっか。分かった。……じゃあ、私、ここで待ってちゃだめ？」などと、本当にこちらが外出しなければならないはめに陥ったこともある。

で、ユカの場合に話を戻せば、「雨が上がるまでいれば」というのは、我ながら完璧《かんぺき》な切り出し方だった。雨が上がるまでいるということは、雨が上がれば帰らざるを得なくなるわけだ。

「傘持ってないし……。そうしよっかなぁ」

ユカはぼくの枕を抱きしめながらそう言った。不思議なもので、潔く帰るとなると、その女を帰すのが急にもったいなくなってくる。

その朝、ぼくはもう一度ユカを抱いた。寝起きだったせいもあって、ユカのからだは湯上りのように火照っていた。

ここできちんと終わっていれば、それから数年後にこうやって彼女のことをしみじみと思い出すこともなかったのだろうが、運が悪かったというべきか、浅はかだったというべきか、この雨がなんと三日半も降り続いたのだ。

一日目、ぼくらは夕方まで布団の中でいちゃいちゃしていた。さすがに腹が減って、冷蔵庫の中に残っていたショートケーキを食べた。

二日目、というよりも、一日目がだらっと伸びたような二日目、冷蔵庫の中のものはおろか、田舎のおふくろから送ってもらっていたカップラーメンも食べつくし、仕方なく夜中にぼくひとりでコンビニへ買い出しに出た。レジ横でビニール傘を売っていたが、明日にはやむだろうと買わなかった。ぼくがコンビニに買い出しに出ている間、ユカはてんこもりになっていた灰皿の吸殻を捨てるわけでもなく、布団の周りに置きっ放しだったカップラーメンのかすを捨てるでもなく、寝転んだまま畳の破れ目に指を突っ込み、その穴を数センチ大きくしていただけだった。

三日目になって、ぼくはバイトに出かけた。いわゆるフリーターだったのだが、仕事には真面目だったので、小さな居酒屋だったが、二十三歳という若さで副店長という肩書きをもらっていた。

バイトが終わったのが深夜一時ごろで、アパートにはいつものように二時前に戻った。ユカは相変わらず布団の中でごろごろしていた。昼過ぎにぼくが部屋を出たときから、まるでこの部屋の時間だけが完全に止まっていたように見えた。

「おかえり」

布団の中からユカの声が聞こえ、その声が少し弱々しかったこともあって、「なんか食ったのか？」とぼくは尋ねた。

「……何もだべでない」

ふざけたようにユカが答える。

「なんで？」

スニーカーを脱いで部屋に上がったぼくは、布団の横に立つと、足先でユカの肩を軽く揺さぶるようにして訊いた。

「なんでって……、あんたが帰ってくるのを待ってたんだもん」

あとになって考えてみれば、ユカのこの言葉が単なる口から出任せ以外の何ものでもないことは分かるのだが、恥ずかしながらこのときぼくは、彼女の言葉を聞いて、何かしら背筋がゾクッとするのを感じた。もちろん悪寒が走ったわけではなくて、誰かに自分が待たれていたということに、誰かが一日中何も食べずに自分を待っていたということに、背筋がゾクッとするほど感動してしまったのだ。

雨がやんでも、ユカは部屋に居続けた。居続けたと言うよりも、置きっ放しだったと言ったほうがいい。

毎日、バイトが終わって、アパートに戻ると、腹をすかせたユカが待っている。もちろん最初の一週間ほどは、「俺は店でまかないを食ってくんだから、待たずにコンビニでもどこにでも、なんか買いに行きゃいいだろ？」と何かしら言葉をかけていたのだが、いつしかそんな彼女の待ち姿にもすっかり慣れてしまい、バイト帰りに近所の弁当屋で、今夜は何弁当を買って帰ってやろうかと考えている自分が妙に幸せで、ふと気が変わってハンバーグ弁当を二日続けて買って帰った夜などに、「その中身、当てようか？　今夜もハンバーグ弁当！」などとビニール袋を指差されたりすると、色気も何もあったもんじゃないが、なんというか運命の？　そう、運命の出会いってやつか？　これがぁ、なんて、嬉しそうにハンバーグ弁当のふたを開ける彼女の横顔を、にやにやしながら眺めたりした。

家があるのかないのか、初めてきた夜から一度も家に戻らないのはおろか、部屋からも出ない彼女は、必然、着替えというものをまったく持っていないわけで、パンツはぼくのトランクスを穿《は》き、ブラジャーはつけず、いつも上下同じスウェットで過ごしていた。

部屋で一緒にいれば、なんだかんだと途切れることなくしゃべっていたような記憶があるのだが、あとになって思い返してみると、ぼくは彼女の素性についてまったく質問していない。質問しなかったから答えなかったのか、それとも答えないと分かっていたから、こちらも質問しなかったのか。

一度だけ、「おまえ、仕事とかしてないわけ？」と冗談っぽく訊いたことがある。

「あ、あのね。それ、たぶん想像と違うよ」とユカは答えた。

「なんだよ、その想像って？　別になんも想像してないぞ」

「嘘よ。どうせ、風俗かなんかやってる女だって思ってるくせに」

「思ってないよ。……え？　やってるの？」

「だから、やってないって。そんなに分かりやすくないの、私は」

「分かりやすいだろ？　寝て、食って、セックスして、また寝て。

人間を三秒で説明しろって言ったら、これで説明できるよ」

彼女の素性を訊かなかったのには、もう一つ理由がある。ユカを連れてきたのは仁ちゃんで、仁ちゃんはユカの友達を知っているというか、ユカの友達と寝たわけで、いざとなれば（たとえば、部屋から何か盗まれたりしたら）、その友達伝いでどうにでもなると思っていたのだ。ただ、これも後日分かったことだが、仁ちゃんはこの友達の連絡先も訊かずに、その翌朝別れていたらしい。

なぜか、ぼくはユカが部屋にいることを仁ちゃんには告げなかった。「最近、付き合い悪くねぇか？」と訊かれる度に、理由は分からないが、「社員が一人辞めて、休めないんだよ」と嘘をついていたのだ。

ただ、一度だけ仁ちゃんの誘いに乗って遊びに出たことがある。うまい具合に栃木から遊びにきたという女子高生を引っ掛けて、円山町《まるやま》のホテルに直行したのだが、事が終わってベッドサイドの時計を見ると、いつもバイトから帰る午前二時前で、ふと脳裏に腹をすかせて箸《はし》を咥《くわ》えているユカの姿が浮かんでしまった。

女子高生がシャワーを浴びている隙にアパートに電話をかけると、
「おなか、減ったぁ～」とユカが情けない声を出す。とりあえず、「なんか自分で買ってこいよ。今日、帰れないよ」と言ったのだが、「じゃあ、いい。我慢する」と電話を切ろうとする。
「なんで我慢するんだよ。自分で買いに行けよ、ガキじゃあるまいし」

厳しく言ったつもりなのだが、ユカは聞く耳を持たないようで、勝手に電話を切ろうとする。

「おい、分かったな？　自分で買いに行けよ」

そう怒鳴った声が、風呂場にまで響いたのか、とつぜんシャワーの音がやんで、「え？　何？　なんか言った？」と女子高生の声がした。

ぼくは慌てて受話器を押さえて、「いや、なんでもない」と風呂場のほうに声をかけた。

再び受話器を耳に戻すと、「あ、そう言えば、さっきあんたのお母さんから電話あったよ」とユカが言う。

「おふくろから？」

「そう。なんか明るいお母さんだよねぇ。三十分近くもしゃべっちゃった」

「しゃべっちゃったって……、何を？」

「何をって、そりゃ、お母さんだって、息子がどんな彼女と付き合ってるのか気になるんじゃない」

「おまえ、ヘンなこと言ってないだろうな？」

「言ってません。……あ、そうそう、ヘンなことは言わなかったけど、お母さんに名前教えちゃった。私の名前」

「おまえの名前って、ユカだろ？」

「そうだけど、どういう字か教えたの」

女子高生が風呂場から出てきそうだったので、ぼくは慌てて電話を切った。受話器を置いたぼくを見た女子高生が、「どうしたの？ なんかあった？」と心配そうに訊く。

ぼくはちょうどよかったとばかりに、さっと表情を深刻にして、

「……うん。ちょっとおふくろの具合が悪いみたいなんだ。ごめん、悪いんだけど、先に帰るよ」と彼女に告げた。

ほとんど二ヶ月近く、ユカはぼくのアパートに居座った。その間、ぼくは毎晩、彼女に弁当を買って帰った。

あれは三週間目のことだったか、バイトから戻ると、そこにユカの姿がなかった。いつもならそこに寝そべっている布団はたたまれ、いつもならつけっ放しのテレビまで消されている。

正直なところ、「あ〜あ、やっといなくなったか」と思う気持ちと、なんというか、もう言葉にもできないほどの喪失感を同時に受けた。

いや、言葉にもできないほどの喪失感を、「あ〜あ、やっといなくなったか」という言葉で誤魔化していたのかもしれない。とにかく、いるはずの場所にユカがおらず、買ってきた弁当を食べてくれる者がいないということが、こんなにも自分を打ちのめすとは思ってもいなかった。

しかし、三十分ほど布団の上で呆然《ぼうぜん》としていると。何事もなかったかのようにユカが戻ってきた。

「ど、どこ、行ってたんだよ？」

もしかすると、ユカを怒鳴りつけたのは、これが最初で最後かもしれない。

「どこって……」

ユカはぼくの剣幕に首をかしげながら、コンビニの袋を突き出した。

「さすがにこれは、男のあんたには買ってきてくれって頼めないでしょ」

彼女はそう言うと、「今日は何弁当?」などと、のんきにぼくのビニール袋の中を覗《のぞ》き込んだあと、自分のビニール袋を持って便所に入った。


喧嘩《けんか》をしたとか、いい加減お互いにうんざりしたとか、彼女がぼくのアパートから出て行くのに、何かしらの原因があったわけではない。もっと言えば、ぼくは日を追うごとに彼女を確実に好きになっていた。

毎晩、彼女のために弁当を買って帰ることが、なりゆきから義務になり、義務から奉仕になって、奉仕からいたわりに変わっていたのだと思う。人をいたわるということが、こんなにもせつないことだと、もっと早く知っていれば、ぼくも仁ちゃんも、もうちょっとましな青春が送れたのかもしれない。

ぼくは期待していたのだと思う。どんなことがあっても、じっと部屋でぼくの帰りだけを待っているユカに、期待し、何かを求めたのだと思う。

ふと、今夜アパートには戻らないと決めたのは、本当に唐突な閃《ひらめ》きだった。すでにユカへの弁当は買っていたし、アパートはすぐ目の前に見えた。

今夜、ぼくが弁当を買って帰らなければ、本当に彼女は、明日まで何も食べずに過ごすのか確かめたくなったのだ。

いや、我慢できずに何か買いに行くだろうと思う気持ちと、いや、本気で俺のことを待っていてくれるかもしれないと思う気持ちが半々だった。

その晩は、バイト先の店で寝た。買った弁当を自分で食べ、客のケツで潰《つぶ》れた座布団を何枚も重ねて枕にした。

翌日、昼過ぎにアパートに戻ると、ユカは布団の中ですやすや眠っていた。ゴミ箱をあさってみても、自分で何か食べたらしい気配はない。

「おまえ、昨日何も食ってないのか?」

目を覚ましたユカに尋ねると、「私を殺す気?」と睨《にら》みつける。正直、嬉しかった。馬鹿みたいだと思うかもしれないが、腹をすかせている彼女が、心からいとおしくて仕方なかった。

その数日後、ぼくはまた彼女を試した。今度は二日続けて帰らなかった。三日目の朝、アパートに戻ると、彼女はあまりの空腹に眠れなかったらしく、真っ青な顔をして朝のワイドショーを見ていた。ぼくが買ってきたコロッケパンを投げやると、彼女はそのパンを貪《むさぼ》った。そしてコップに注いでやった牛乳を、喉《のど》を鳴らして飲み干した。

その様子を眺めながら、ぼくはなぜか幸せに満ちていた。自分の目の前でコロッケパンを貪る女が、世界中のどんな女よりも輝いて見えた。

最後にぼくがユカを試した夜、外は雷混じりのどしゃぶりだった。

一日、二日といつものようにバイト先の店に泊まり、これが正真正銘最後だと言い聞かせて、三日目の夜も帰らなかった。

ぼくには根拠のない自信があった。ユカはいる。どんなに腹が減っていようと、間違いなくぼくの帰りを待っている、と。

四日目の朝、アパートに戻った。ドアには鍵《かぎ》がかかっていなかった。嫌な予感がして、慌てて中に入った。そこにユカの姿はなかった。布団はきれいにたたまれ、三ヶ月間ずっと吊《つ》るされたままだった彼女の洋服もなくなっていた。

ぼくはわざわざ店で作ってきたおかゆを台所の流しに捨てた。自分が何を期待していたのか、とつぜん分からなくなって、実は自分はこの結果を期待していたのではないかとさえ思えてきた。

部屋には置き手紙も、連絡先が書かれたメモもなかった。やりすぎたのだろうと思った。何かを期待しすぎたのだろうと思った、自分がいつも女たちにされて嫌だったことを、自分がやってしまったのだろうと。

数日前、本当にふとユカのことを思い出した。ここ数年、一度も思い出すことのなかった彼女のことを、ふと思い出させてくれたのはおふくろだ。

「そういえば、あんた、昔、保母さんと付き合ってたわよねぇ」と母が言った。

どこの誰の話をしているのか、まったく分からず、返事もできなかった。

「ほら、もう何年も前になるけど、お母さん、電話でしゃべったことがあったじゃない。ほら、ちょうどその女の子のお母さんが亡くなったばっかりで、仕事をしばらく休んでるって、仕事休んで、あんたの部屋でちょっとの間、休養させてもらってるって……。あんまりお母さんとはうまくいってなかったらしいけど……。感じのいい、やさしそうなお嬢さんだったじゃない……」

母の話を聞きながら、数人の女たちの顔が浮かんできた。そして、最後に浮かんできたのがユカだった。

「なぁ、あの子の名前、おふくろ、覚えてない？」

「名前？」

「そう。彼女の名前」

「さぁ……。何よ、あんた、自分が付き合ってた彼女の名前も忘れたの？　まぁ、呆れた」

一時退院した母を助手席に乗せて、ぼくはハンドルを握っていた。母がふとユカのことを思い出したのは、たった今、車が保育園の前を通ったからだった。その保育園も、もうすでに後方に去り、バックミラーにも映っていない。

殺したい女

昔、『殺したい女』というコメディ映画があった。まだ『フォエバー・フレンズ』にも『ステラ』にも出演していないベット・ミドラーが主演で、ダニー・デヴィートがその夫役を演じていた。

ストーリーはいたってシンプル。わがままな女房を常々殺したがっていた資産家の夫の元に、ある日、「妻を誘拐した」という連絡が入る。元々殺したいほど嫌な女房が誘拐されたわけだから、夫にとっては棚からぼたもち、見殺しにして、早速若い愛人との生活に思いを馳《は》せる。

しかし、それを知った女房が、誘拐犯である若夫婦（この若夫婦、実は虫も殺せない）を抱き込んで、夫に一泡吹かせることを決意する。とにかく、わがままな女房役を演じたベット・ミドラーが最高で、監禁された部屋では暴れる、出された食事にはケチをつける、挙句の果てには、誘拐犯の若女房に励まされながら、そこでダイエットまで始めてしまう。

この映画を、ぼくは当時付き合っていたあかねという女と観た。コインランドリーの帰りに、近所のレンタルビデオ店に入ったのだが、真っ先にこのタイトルが目に飛び込んできたのだ。

「これは？」

早速、手にとってあかねに差し出すと、冬なのにもなかアイスを立ち食いしているあかねが、「別になんでもいいよ。どうせ、私、寝るし」と、可愛げのないことを言う。

「寝るしって、帰りにビデオ借りようって言ったの、おまえだろ」

「だって、乾燥機見ていたら眠くなっちゃったんだもん」

「じゃあ、借りない？」

「だから、借りればいいじゃない」

「だって、寝るんだろ？」

「私はね」

「私はねって、俺一人で観ろってことかよ」

「いつもコソコソ一人でエッチビデオ観てんだから、いいじゃない」

「コソコソしてないよ」

「してるよ」

あかねがもなかアイスを舐《な》めながら、馬鹿にしたような目を向ける。

「この前だって、こっそり布団から抜け出したかと思ったら、床で背中丸めて観てたじゃない」

「あれは、おまえのイビキのせいで起きたんだよ！」

「嘘？」

「ほんとだよ。あんまりうるさくて目がさめて、なんでこんな女と付き合ってんだかって、背中丸めて泣いてたんだよ！」

ふと気がつくと、そばで棚の整理をしていた若い店員が、ぼくらの会話に失笑していた。

あれからもう十数年も経つが、実際なんであんな女と付き合っていたのか、自分でも未《いま》だに腑《ふ》に落ちない。当時、ヘンな薬でも常用していて、意識が朦朧《もうろう》としていたのかもしれないとさえ思う。ただ、それにしては半年近くも付き合っていたわけだし、その間に車の免許も取ったわけで、ずっと朦朧状態だったはずもなく、ということは、しらふであんな女と付き合っていたわけだ。

付き合っていた本人が言っても、誰も信用しないだろうから、ここで彼女の父と兄の言葉も紹介したい。

あかねの実家は、いわゆる東京の下町で小さな自動車整備工場をやっていた。彼女を送って行くと、たいてい工場には父親と五つ上のお兄さんがおり、作業着を油で真っ黒にして働いていた。

一応朝帰り（というか、昼帰り）なので、工場前を歩くあかねを見つけると、「おい！　おめぇ、どこほっつき歩いてんだよ」と父親の罵声《ばせい》が飛んでくる。そこでしおらしく謝ればいいのだが、あかねも決して負けておらず、売り言葉に買い言葉で、「こいつんちに、泊まってたんだよ！」と、怒鳴り返してしまう。と、当然、父とお兄さんの鋭い視線はこちらに刺さるから、「……あ、すいません。連絡するようにと言ったんですけど」と、娘の代わりにこちらが平謝りするはめになる。

正直、こんな会話を初めて耳にしたときは、「うわ、悪そうな家族だぞ、こりゃ」と、あかねとの交際を真剣に考え直しそうにもなったのだが、この眼光鋭い父とお兄さん、根は悪い人ではないらしく、

「いちいち、うっせーんだよ」などと捨て科白《ぜりふ》を吐きながら、あかねが家の中に姿を消すと、「おめぇも大変だな。よくあんな女と付き合えるよ」などと、娘を無断外泊させた男をねぎらってくれ、おまけに、「こっち来て、茶でも飲んでろよ。どうせ、仕度すんのに時間かかるぞ」などと、冷たい麦茶まで出してくれた。

断るわけにもいかず、「じゃあ、お言葉に甘えて」と、恐る恐る麦茶をもらい、二人に挟まれてちょこんと座れば、「大したツラでもねぇのに、化粧すんのに、時間だけはかかんだよ。ガハハ」と、決してガラは良くない兄が笑い、「しかし、おめぇもよくあんながらっぱち女と付き合う気になるな」と、そのがらっぱちを育てた父に感心される。

「どこがいいんだよ？」

左眉《まゆ》に深い傷のある兄に、真顔でそう訊《き》かれると、正直、あかねとこの人、どっちにつけばいいのかと一瞬迷い、慌てて、「いや、可愛いっすよ」と、自分の立場を思い出す。

「可愛い？　可愛い女が兄貴にマジ蹴《げ》りくらわすか？」

「マジ蹴りっすか？」

「ここ、見てみろよ。このふとももの痣《あざ》」

汚れた作業着のズボンを捲《まく》り上げたお兄さんのふとももには、思わず撫《な》でてやりたくなるような濃い痣ができていた。

「いや、でもよ、このあんちゃんと付き合い出して、あいつも少しは丸くなってんだよ」

父親がしんみりとした声で呟《つぶや》く。

一瞬、「え！　あれで丸くなってんですか？」と言い返しそうなところを我慢して、「でも一緒にいると楽しいですから」と、その場を取り繕おうとすると、すかさず、「けっ、おめぇも見え透いたこと言う野郎だな」と、あっという間にしんみりした声が乱暴になる。

あかねがどんな少女だったかは、一緒にこの近辺を歩けばすぐに分かる。あるときなど駅前のラーメン屋で、あかねと一緒に味噌《みそ》ラーメンを啜《すす》っていると、絶対に洋服のタグには「Chin-pira Homme」と書いてあるだろう服装をした若い男が入ってきて、カウンターの隅にいるあかねを見つけると、「お！　あかねじゃん。おめぇ、いつ出てきたんだよ。電話くらいくれたっていいじゃんかよぉ」と、大声で話しかけてくる。

こういう場合、無関係な客はたいていラーメンとにらめっこになる。無関係ではないのだが、思わずぼくもチャーシューと見つめ合ってしまう。

てっきり、さすがのあかねもここは無視して、穏便にことを運ぶのだろう（というか、そうあってほしい）と思っていると、ずるずると余裕をかましてラーメンをひと啜りしたあかねが、「うっせーよ。声かけんな」と言い返す。一発即発。男が来るか、あかねが立つか。思わずぼくは、チャーシューに「あなたのお名前は？」と訊きそうになった。

しかし、あかねの怒声に、男は「ケヘヘ」と笑っただけで、素直に席につき、「おじさん、ねぎソバ」と、カウンターのおやじに声をかけた。

店全体に漂った緊迫感が「ねぎソバ」という言葉で和らいだ。「ねぎソバ」という言葉がこんなにも平和な語感だと初めて知った。

男がマンガを読みながらねぎソバを啜り始めると、ぼくは隣で水を飲むあかねに、「おい、いつ出てきたって、どこ入ってたんだよ？」と小声で訊いた。

「どこも入ってないよ」

あかねがどんぶりを抱えてスープを啜る。

「でも、あの人がそう言っただろ」

「あれ？　あいつ、シャブ中」

あかねが馬鹿にしたように、向こうの男のほうを顎《あご》でしゃくる。

一瞬、「ああ、そうなんだ」と納得しそうになったが、「いやや、シャブ中って」と我に返り、いやいや、シャブ中なんてテレビでは見たことあるけど、現物見たことないし、おまけに話しかけられてるし、と、マジマジと隣にいる自分の彼女を見つめてしまった。

シャブ中は食が細いらしかった。男はねぎソバをほとんど残して店を出て行った。出るときに、「じゃ、あかね、またな」と声をかけてきたが、あかねは目も合わせようとしなかった。

あかねの話では、男はあかねの兄の同級生らしかった。一時期、あかねの父親が自分の工場で働かせたこともあったという。一ヶ月ほどは、一日就業八時間のところ、十六時間分くらいはまともに働いていたらしいのだが、ある朝、三十分遅刻し、それが四十五分になり、一時間、そしてとうとう昼出勤と、出社時間が遅くなり、見かねた父親がアパートに呼びに行くと、またよからぬ薬に手を出して布団に寝小便を垂れていたらしい。

あかねの親父さんと兄さんは、かなり面倒見が良い人たちだった。たびたびぼくがあかねの家を訪れ、工場の片隅に居心地悪そうに突っ立っていると、「おい、あんちゃん、そこのレンチ、持ってきてくれよ」などと声をかけてくれた。もちろん最初は戸惑ったが、工場の片隅で忘れられたように立っているよりはマシで、すぐに親父さんや兄さんからの「あれ、持って来い」「そこ、ちょっと押さえてろ」という指示を、完璧《かんぺき》にこなせるようになっていて、気がつくと、自分専用の作業服まで用意されていた。面倒見が良いというよりも、人使いが荒いと言ったほうがいいのかもしれない。

ぼくが工場で親父さんたちの手伝いをしている間、あかねは工場裏にある自宅で、家事をこなしているようだった。詳しく訊いたことはなかったが、あかねには母親がいないようで、子供のころから文句は言いながらも炊事洗濯は彼女が受け持っていたらしい。

ある日、工場の前で中古のセドリックを洗車していると、親父さんが、「おめぇ、けっこう仕事丁寧だな」と褒めてくれ、近所のコンビニで買ってきたらしい肉まんをくれた。濡《ぬ》れた手で受け取って、日の当たる道端にしゃがみ込んで一緒に食べた。

「おめぇ、免許ぐらい取ったらどうだ？」

親父さんにそう言われ、ぼくは、「教習所に通う金がないですから」と苦笑いした。

「そんなもん、俺が出してやるよ」

「いや、そんなの、悪いですよ」

「馬鹿野郎、おめぇのためじゃねぇよ。免許、持ってりゃ、ちょっとした車の移動くらいできるようになんだろ」

「あ、はぁ」

「よし、じゃあ、決まりだな。明日からでもそこの教習所に通え」

親父さんは一方的に言って立ち上がると工場に戻り、奥にある事務室から二十万円ほどの現金を持ってきて、「ほら」と、まるで肉まんを放り投げるようにぼくにくれた。

もちろんその夜、あかねに相談してみた。「こんな金、もらっちゃったんだけど」と、ポケットから金を出すと、「一枚、二枚、三枚……」と、丁寧に数えたあと、「いいんじゃない」と、あっさりと言う。

「でも、これで免許取ったら、あそこで働くことにならねぇか？」

「てきとうに手伝ってればいいんじゃない」

「学校とかもあるし」

「行ってないじゃん」

「いや、行ってないけどさ、一応は学生なわけで……」

ぼくとしては、遠まわしに「せっかく大学に入ったのだし、将来的に自動車整備工場なんかで働く気はないんです」ということを伝えたかったのだが、そのせっかく入った大学に行っていないのだから埒《らち》があかない。

結局、親父さんの金で教習所に通った。午前中に教習を受け、その足で午後から整備工場の手伝いをする。正直なところ、大学生になって以来、こんな規則正しい生活をしたのは初めてだった。

それでも当初は工場の手伝いが終わると、あかねと夕食に出かけ、そのまま二人でぼくのアパートへ帰っていた。ただ、「どうせ、二人分作るのも、四人分作るのも同じだし」という理由で、いつのころからか、夕食は工場裏のあかね宅の台所で、親父さんや兄さんと一緒にとらされるようになり、「風呂《ふろ》、入ってけ」「一杯、付き合え」と言われているうちに、気がつけば、父兄公認であかねの部屋に泊まるようになっていた。

　実家でのあかねは、恋人というよりは口うるさい寮母に近かったと思う。料理は手際よく作るし、台所で男三人が食事をしているうちに、汚れた作業着を洗い、シーツにアイロン（！）をかけ、男たちが食べ終われば、文句を言いながらも、ささっと食器を片付ける。

「ああいうところは、ほんと母ちゃん似なんだよな」

　シーツにアイロンをかけるあかねを眺めていた親父さんが、ふと漏らしたことがある。ぼくはどう答えていいのか分からずに、返事もせずお茶漬けを掻《か》き込んだ。

　返事もせずにお茶漬けを掻き込むぼくを見て、「そう焦って食うなよ。犬じゃあるまいし」と言った親父さんが、それでも返事をしないぼくに、「ほんとに、ああやってて、次の朝、いきなりいなくなってさ」と呟く。

「ああやってて？」

やっと茶碗《ちゃわん》を置いて、親父さんのほうを見ると、シーツにアイロンをかけるあかねのほうを顎でしゃくり、「ああやって、シーツにアイロンかけてただけなんだよ。それなのに、次の朝、いきなり姿消しちまって」と肩を落とす。

あかねの母親は亡くなっていたわけではないのだ。

正直、お茶漬けに逃げたかったが、すでに茶碗には米粒一つ残っていない。

「あかねからも、何度も訊かれたよ。前の晩、喧嘩《けんか》したんだろって。

前の晩、母ちゃんになんか言ったんだろって」

親父さんはいつものように焼酎《しょうちゅう》のお湯割りを飲んでいた。

「……喧嘩なんかしてねぇし、なんも言っちゃいねぇんだよな。どう考えてみても……うん、いつもと一緒だったんだよ」

親父さんがグラスの焼酎を飲み干して、何度か確かめるように深く肯《うなず》く。

隣の部屋だから、あかねにも声は聞こえていたはずだ。しかし、もう聞き飽きた科白《せりふ》なのか、あかねは一度もこちらに目を向けなかった。

そのあかねが突然姿を消したのは、ぼくが無事に免許を取って、数週間が経ったころだった。

その朝、ぼくはいつものように午前十時ごろあかねの家に行った。いつものようにシャッターを開け放った工場では、親父さんと兄さんが油まみれになって働いており、「すいません。遅くなって」と謝るぼくに、「別に、給料払ってんじゃねぇんだから、いつ来たっていいんだよ」と、これまたいつものように親父さんが言い返してきた。

ロッカーで作業着に着替え、あかねに顔を見せようと裏の自宅へ向かおうとすると、「あかねなら、いねぇぞ」と兄さんに呼び止められた。言い方が、「今、買い物に出かけてていないぞ」というような、とても軽い感じのものだったので、ぼくは素直に、「あ、そうですか」と踵《きびす》を返し、昨日ディーラーから届いたパーツの簡単な仕分け作業を始めた。

昼食まで洗車したり、洗車用品の洗濯をしているうちに、あっという間に時間が過ぎてしまった。事務所でつけっ放しになっていたテレビから「笑っていいとも！」の音楽が流れてきて、「今日は、カツ丼でも取るか？」と親父さんが言う。

言い方が、あかねが戻ってこないことを知っているようだった。

「あかね、戻ってこないんですか？」

ぼくの質問に、親父さんは一瞬顔を歪《ゆが》めた。すると、その横でチッと舌打ちした兄さんが、「出て行ったみたいなんだよ」とぼそっと答える。

あまりにもあっさりとした言い方だった。「ああ、そうなんですか」と、思わずこちらも言い返してしまいそうだった。

兄さんの話によれば、一応、書置きがあったという。

実は、あかねと母親はずっと連絡を取り合っていたらしい。その母親が広島で小料理屋を始めた。そこを手伝いたいと思っている。今、住所は明かせないが、落ち着いたら必ず連絡をする。

短い文面だったという。とりあえず説明を終えると、こちらの表情から判断したのだろう、兄さんに、「言いにくいんだけどよ、おまえ宛のはなかったよ」と言われた。とつぜんのことで、自分宛の書置きを期待していたわけではない。ただ、なかったと言われれば、どうしてないのだろうと、疑問に思ってしまう。

兄さんが説明している間に、親父さんはカツ丼を三つ電話で注文していた。何気なく目で追うと、「ヘンなもんだよな」と兄さんが苦笑いする。

「……娘が家出して、ちょっとほっとしてんだよ」

兄さんが何を言いたいのか分からなかった。黙って次の言葉を待つと、「娘がいなくなってほっとしてるんじゃなくて、母ちゃんがさ、無事でいるって分かって、顔には出さねぇけど、ほっとしてんだよ」と笑う。

「連絡つかないんですか？」とぼくは訊いた。

もちろん、訊きたいことは山ほどあった。ただ、今、思い返しても不思議なのだが、このとき、カツ丼を注文している親父さんを、兄さんと並んで眺めていたこのとき、ぼくはあかねがいなくなったということよりも、まだ見たこともないあかねの母親が無事で生きていたことに、ちょっとほっとしていたように思う。

「こっちからはつかねぇけど、向こうから必ず連絡あるよ」と兄さんは言った。

楽観的な言い方のせいもあるのだろうが、その言葉はなぜか無条件に信じられた。

「こっちにかけにくかったら、おまえんとこにかけてくるだろうし、そんときはちゃんと知らせろよ」

兄さんはそう言うと、油まみれの手でぼくの肩をガツッと軽く殴《なぐ》った。

それからもしばらくの間、ぼくはあかねの家に通っていた。あかねの家というよりも、工場に通っていたと言ったほうがいい。午前中に行って、夕方まで働き、まっすぐアパートに帰ることもあれば、親父さんに誘われて近所の居酒屋へ行くこともあった。

ただ、親父さんは一切あかねの話をしなかった。自分がどうやって整備工場を始めたかとか、この先、整備工場も苦しくなるといった話が多かったと思う。

その年の夏休みに、ぼくは帰省した。二ヶ月ほど田舎に滞在し、すっかりぐうたらな息子に戻ってしまった。東京へ帰ってきたら、また工場へ行くつもりだったが、行かなくとも「早く、来い」と電話がかかってくるわけでもなく、明日からにしよう、来週からにしようと思っているうちに、結局、行かなくなってしまった。

あかねからは結局、一度も電話はなかった。向こうに連絡があれば、必ず知らせてくれることになっていたので、たぶん親父さんたちの元へもなかったのだろうと思う。

たしか、「なるみ」という名前の居酒屋だったと思うが、そこで飲んでいるときに、一度だけ親父さんに、「おめぇら、なんかあったのか？」と訊かれた。一瞬、質問の意味が分からずに、「はい？」と訊き返すと、「いや、俺もそんなこと、訊けるような立場じゃねぇけど」と笑い出す。

やっと意味が分かって、「本当に何もないんです」とぼくは言った。「いくら考えてみても、連絡もくれなくなるような、そんなこと、何もなかったんです」と。

実際、いなくなる前々日、珍しくあかねがぼくのアパートに泊まりにきた。たまっていた洗濯物を持ってコインランドリーに行き、その帰りにビデオ店で『殺したい女』というビデオを借りた。

あかねは、「眠いから観ない」と言っていたくせに、実際に映画が始まると、ぼくよりも真剣に観ていたし、ぼくよりも大声で笑っていた。

本当に変わった様子など、何もなかった。

自己破産の女

生まれて初めてサラ金というか、消費者金融のカードを持ったのは、たまたま世話になっていた先輩が、ある大手のサラ金というか、消費者金融に就職して、「ノルマがあってよ。とにかくカード作って、五万円だけ借りて、その次の日に返してくれれば、利子なんて数円だから、ちょっと、マジで助けると思って作ってくれよ」などと手を合わせてくるので、そのときは特に金に困っていたというか、金を借りたいという気などまったくなかったのだが、なんとなく断るのが面倒で、「じゃあ、分かりました。作るだけでいいんですよね」と言ってしまったからだ。

その後の悲惨な状況を先輩のせいにするわけではないが、もしも先輩が消費者金融になど就職しなければ、自分は一度もそんなものには手を出さなかったのではないかと思う。

カードを作るときに借りた五万円は、先輩に言われたとおり、次の日には返済した。特に欲しいものがあったわけでもなかったし、これは借りている金であって、自分のではないという感覚が、まだはっきりとあったのだと思う。

それからしばらく大手消費者金融のカードは、銀行のキャッシュカードやなんかと一緒にいつも財布に入っていた。ただ、まったく使う機会もなかった。

それがある日、たしか池袋《いけぶくろ》の北口で飲んでいたとき、ヘンな女に引っかかって、たまたま手持ちがなく、銀行はしまっているし、一緒にいた友人も持っていないというので、駅前でいつも見かけるその大手消費者金融のキャッシュディスペンサーで、一万円を借りることにした。

女がぼくに話しかけてきたのは、池袋北口の安いんだか、高いんだか、うまいんだか、まずいんだか分からないような店だったが、唯一、内装だけは竹が植えられてたりして、ちょっと都会的な雰囲気だった。

女は一人で飲んでいた。ぼくと友人の克弘《かつひろ》が店に入ったときには、すでにそうとう出来上がっている様子で、知り合いらしいその店のウェイトレスに、「真里《まり》、もう、ほんとにいい加減にしなさいよ。彼が遊び歩いてるからって、あんたまでこんなとこに来て、酔っ払うことないでしょ」などと窘《たしな》められていた。その都度、女はぼくらのほうへ顔を向け、ぺろりと舌を出してみせたりした。

ぼくらはカウンター席に座っていた。背後のテーブル席のほうは、うるさい学生や仕事帰りのサラリーマンたちで満席だったが、カウンターには一番端にその女、それから二つシートを空けて、克弘とぼくがいるだけだった。

ぼくらが注文したビールで乾杯すると、「ねぇ、ねぇ！」と女が声をかけてくる。どうせ男と待ち合わせでもしているのだろうと思っていたので、最初は無視していたのだが、「ねぇ、ねぇ」とあまりにもうるさいものだから、「はい？」と克弘が冷たい声で返事した。

その声色で怯《ひる》むかと思ったのだが、「ここの白子のてんぷら、美味しいよ。白子の天ぷら！」と、店中に響くような声で教えてくれる。

「はぁ、どうも」

克弘はてきとうに返事をすると、すっと女のほうに背を向けて、迷惑そうな顔をぼくに見せた。ただ、ぼくの座っている位置からは、克弘のほうを見れば自然と女の姿が目に入る。

克弘にてきとうにあしらわれた女が、今度はぼくに向かって、「白子のてんぷら」と声を出さずに口だけを動かす。ぼくは無視していたのだが、ちょうどウェイトレスが注文を訊《き》きに来たので、試しに「白子のてんぷら」と注文してみた。ぼくの声が聞こえたらしく、酔った女は嬉《うれ》しそうにガッツポーズをとっていた。

しばらくおとなしかった女が、再びぼくらに声をかけてきたのは、それから十五分ほど経ったころだった。その間に、たびたび女の様子を窺《うかが》いにくるウェイトレスとの会話で、女が男を待っているわけではなく、一人で飲みに来ていることが分かっていた。

女は、「ねぇ、私もそっちに交ぜてよ」と言ってきた。ぼくが克弘に目で合図すると、嫌悪感を露《あらわ》にした表情で、「いいよ。あんな女」と言い捨てる。その様子が目に入ったのか、女は椅子から立ち上がり、カウンターを這《は》うようにして、すでにこっちに近寄っている。

女は克弘の肩に手をかけて、「いいじゃない。ちょっとくらい」と、その顔を克弘の首筋に近づけた。元々、克弘は女に興味がないので、「はいはい、分かったよ」とその手を乱暴にふり解《ほど》く。ふらりと倒れそうになった女を、ぼくが支えた。そしてそのまま自分の席を空け、ふたりの間に座らせた。

女はそうとう酔っているにもかかわらず、ぼくが面白がって勧めると、焼酎《しょうちゅう》を飲み、日本酒を飲み、右に左に、そのからだを傾けていた。

知り合いのウェイトレスが、ときどきぼくらの元にやってきて、「あんまり飲ませないで下さいね」と言いはしたが、その表情には女が自分の手を離れたことで、どこかほっとした色が見えた。

普通、初対面であれば、相手の名前や仕事などを訊いたりするものだが、女はすでにまともな会話などできないくらい酔っている。「これ、食べる？」などとそら豆をつまんで口に持っていけば、「あ〜ん」と言いながら自ら口を開け、そら豆と一緒にぼくの指まで咥《くわ》える。

「はい、もう一コ、あ〜ん」

女につられて飲んでいたので、ぼく自身もそうとう酔っていたのだが、克弘の冷たい視線を浴びながらも、そんな下品な遊びを延々続けた。ぼくらが騒げば騒ぐほど、店内の雰囲気が悪くなっていたが、まったく気にもならなかった。

酒の力も手伝って、ますます声を上げて騒いでいると、克弘のほうにだらっとからだを倒した女が、「ねぇ、ねぇ、ちょっとキスしようよ」と言い出した。ちょうど倒れこまれた克弘に羽交い絞めにされるような恰好《かっこう》で、女がこちらに唇を突き出している。女は完全にからだを克弘に預けていた。

最初は冗談半分で口を近づけた。本当にキスをしようとすれば逃げると思っていた。だが、いくら顔を近づけても、女はケラケラと笑うだけで、尖《とが》らせた唇も引っ込めない。勢い、ぼくの唇が女の唇に触れ、「ったく、やめろよ」と、克弘がうんざりしたような声を出す。

女の知り合いらしいウェイトレスが、慌てて止めにきたのはそのころだった。しばらくテーブル席のほうを給仕していたらしいのだが、こちらの破廉恥な様子が今ではすっかりテーブル席のほうまで伝わっており、店全体がしらけた雰囲気になっていた。

「ちょ、ちょっと、ほら、もうそろそろ帰ったほうがいいって」

ウェイトレスはぼくらを非難することなく、まだ克弘にからだを預けている女に、心底うんざりしたようにそう言った。

「分かった。帰るって」

女はそう言うと、椅子から転げ落ちた。克弘が手を離したせいもあるのだが、店内にわざと大きな音を立てるために、転げ落ちたようにも見えた。

千鳥足の女を克弘と担ぐようにして、狭い階段を上がった。女はまったく歩くことはできなかったが、気分が悪いわけでもないらしく、一歩足を踏み出すたびに、「はい、右。はい、左」と陽気な掛け声を上げている。

通りの突き当たりに、以前、入ったことのあるラブホテルがあった。料金は安いのだが、部屋はセミダブルのベッドだけでいっぱいで、風呂《ふろ》もなく、シャワーブースがついているだけのホテルだった。

「ちょっと、金貸してよ」と、ぼくは克弘に頼んだ。

「持ってないよ」

克弘は唾《つば》でも吐きたいような顔で言う。

仕方なくぼくは克弘に女を頼み、駅前まで走った。駅前にある消費者金融のキャッシュディスペンサーで、一万円を借りたのだ。操作はいたって簡単だった。銀行で自分の金を下ろすときとなんら変わらず、借りているのに「ご利用ありがとうございます」と礼まで言われた。

駅前から駆け戻ってくると、地面に座り込んだ女がぼくの名前を大声で呼んでおり、道行く人たちが好奇の目でそれを見ている。克弘はその横で、顔をしかめてタバコを吸っていた。

ぼくが戻ってきたとたんに、「俺、もう帰るよ」と克弘が言う。

「悪かったな」とぼくは謝った。

元々、呼び出したのはぼくのほうだった。金曜日だというのに、あまりにも退屈で、一緒に飲んでくれるヤツなら誰でもよかった。克弘とその場で別れ、ぼくは女を抱えるようにしてホテルに入った。受付のおじさんが少し迷惑そうな顔はしたが、女のほうはまったく抵抗しなかった。

三階まで狭い階段を上がって、女をベッドの上に放り投げた。何度か弾んだからだがベッドの上で動かなくなり、「ちょっと、ここ、暑い」と一言、言ったきり、女は寝息を立て始めた。

女の寝顔を眺めながらタバコを吸った。正直、どこにでもいるような女だったが、とてもかわいい耳をしていた。

タバコを吸い終わると、女の服をすべて脱がせた。途中、女は目を覚ましたが、手伝うように腰を少し浮かしただけで、そのまままた眠りに落ちた。

全裸の女に毛布をかけて、シャワーを浴びた。狭いシャワーブースの壁、長い髪の毛が一本はりついていた。

真里がうちで暮らすようになったのは、その翌日からだった。話を聞けば、案の定、池袋のクラブで働いており、最近では店に出たり出なかったりだという。

「信用できないから、身分証明書か何か見せろ」と言うと、真里はバッグの中から健康保険証を出して見せた。住所は埼玉県の蕨《わらび》市になっていた。「ここに住んでたのか？」と問うと、「そこは実家」と真里は答え、最近はずっと男の家にいたと言う。

三日ほどすると、真里が男の家に自分の荷物を取りに行きたいと言い出した。ちょうど失業したばかりのころで、三日間ずっとふたりで部屋にこもっていたので、ふと、このままいなくなるのではないかと思った。

「ついていくよ」と言うと、「でも、見つかると面倒だよ」と真里が言う。

「もしかして、ヤクザ？」とぼくは訊いた。

真里は笑いながら首をふり、「そんなんじゃないよ。最近、配膳《はいぜん》のバイト始めたけど、基本的には売れないバンドやってる人。それに今日はいないから大丈夫」と答える。

久しぶりに部屋を出て、駅前の吉野家で牛丼を食べた。最初の印象が強烈すぎたのかもしれないが、酔っていないときの真里は、どちらかといえば無口で、部屋でぼんやりしていると、いつの間にか、その辺にある紙とペンをとって、ぼくの似顔絵などを描いているような女だった。

真里が描く似顔絵は、マンガチックなものではなくて、素描というのに近かった。ただ、「習ってたことでもあるのか?」と訊くと、「ない」と首をふる。そこで素直に、「うまいな」と褒めると、「そう?」と言いながら、すぐに描いた絵をくしゃくしゃに手で丸めた。

真里が暮らしていたという男の家は、駅の反対側にあった。古い造りのアパートで部屋数は多かったが、畳は傷み、踏むとずぼっと抜けそうだった。真里の言うとおり、男は部屋にいなかった。ただ、古いテレビの上に、真里と肩を組んで写っている写真があり、それを見るかぎりでは、特に男前というわけでもない痩《や》せた男だった。

真里が荷物をまとめている間、手持ち無沙汰《ぶさた》で冷蔵庫を開けたりしていた。冷蔵庫には納豆のパックがいくつも入っていた。

「俺、納豆食えないんだよな」と声をかけると、「私も」と真里の声が返ってくる。

「ここにどれくらいいたんだよ？」とぼくは訊いた。「一ヶ月くらい」とすぐに真里が返事する。

「たったの？」とぼくは言った。

「でも、内容濃かったから、普通の付き合いから考えると、三ヶ月くらいにはなるんじゃない」

「どんな内容だよ？」とぼくは笑った。

「お互いヒマだったし、ずっといたから」と真里は言った。

「このコーラ、もらっていいかな？」

ぼくは冷蔵庫の中に二本あった缶コーラの一本を取り出した。「いいよ」と真里が言うので、その場でごくごくと飲み干した。飲み干して、「ほんとにうちに来んのか？」とぼくは訊いた。「いいんでしょ？」と真里が言うので、「俺はいいけどさ」と答えた。

ドアは開いていたが、台所から真里の姿は見えなかった。

男の家からの帰りに、また駅前の消費者金融で一万円借りた。その金で歯ブラシやシャンプーなど真里が使う日用品を買い、余った金でハンバーグの食材を買った。

真里は料理のうまい女だった。味だけではなくて、作り方がうまいというか、狭い台所に立ち、野菜を刻み、肉をこね、味見をする真里の姿はいくら見ていても飽きなかった。

翌週からいつものように職探しを始めた。発売日に就職情報誌を買ってきて、手当たり次第に電話をかける。そんなぼくの様子を見て、「なんでもいいわけ?」などと真里は呆《あき》れていたが、ぼくは、「やりたいことがないってことは、ある意味、幸せなことなんだよ」などと言い返していた。

就職の面接から戻ってくると、いつも真里がうまそうな食事を作って待っていた。週に一、二度、ふらっと店に出ることもあったが、閉店後三十分以内には必ず戻り、「店、辞めようかなぁ」などと酒臭い息を吐く。

「前の男は、辞めろとか言わなかったのか？」とぼくは訊いた。

半分辞めてほしかったし、半分辞められたら困るとも思っていたのだ。

「別に」と真里は投げやりに答えた。「辞めてほしいの？」と訊くので、「別に」と今度はぼくが答えた。

三日に一度ほどの割合で、駅前のキャッシュディスペンサーで一万円ずつ借りていた。特に贅沢《ぜいたく》をしていたわけではないが、ちょうどその割合で財布がからっぽになっていたのだ。

二つ、三つと面接に落ち、やはり居酒屋でバイトかな、と思い始めていたころに、歩合制ではあったが、外資系保険会社の営業に引っかかった。
「外資系って、あんた英語できんの？」
職が決まったと告げると、真里がそう真顔で訊くので、この女、あ
んまりデキる男と付き合ってこなかったんだろうな、と正直不憫《ふびん》にな
った。
就職が決まると、金遣いが荒くなる。自分の金ではないが、仕事を
始めれば返せるだろうと、三日に一度一万円くらいのペースだったの
が、毎日のように一万円借りて、その金でパチンコまでするようにな
っていた。真里もパチンコは好きなようで、誘えば必ずついてくる。
もちろんトータルで勝ちはしないが、たまには出ることもあって、そ

んな夜はふたりで豪勢に焼肉なんかを食いに行った。

消費者金融で金を借りても、真里はまったく非難しなかった。それこそ銀行で金を下ろしているのを待っているような感じで、キャッシュディスペンサーの外で退屈そうに立っており、出て行けば、「あと残額いくらだった？」などと訊いてくる。

先輩にカードを作らされたときには三十万円だった限度額が、いつの間にか五十万円までになっており、「まだ二十万以上残ってるよ」などとぼくは答える。

何度も言うが、本当にぼくらの暮らしは見栄を張ったものではなかった。質素とまでは言わないが、コンビニの弁当で済ませることも多かったし、たまに飲みに出ても安い居酒屋で安い焼酎を飲んでいたし、高価なブランド品を真里がほしがることもなかった。

それなのに失業していた二ヶ月で五十万もの金を借りていた。もちろん支払日が毎月くるので、月末には清算しなければならない。ただ、清算すれば、また借りられる限度額が増える。返して借りて、また翌月も返して、借りる。お互いに金には無頓着《むとんちゃく》なほうだった。あれば使うし、なければ借りた。

保険会社に就職してすぐ、真里が店を替わりたいと言って、勤めていたクラブを辞めた。別の店で働くのだろうと思っていたが、一週間経っても、二週間経っても、仕事を探す気配はなかった。

「そんなにぼこぼこ金使うなよ」

初めて真里にそんな科白《せりふ》を吐いたのは、彼女がいつも買ってくる近所の弁当屋で、デラックス幕の内という千円以上もする弁当を買ってきたときだ。

真里は一瞬何を怒られているのか分からないようだった。ぼくとしてもたかが弁当でこんなに大声を上げた自分に驚いていた。

「ごめん……」と真里はすぐに謝った。

自分たちが、というよりも、自分自身がとても安い男に思えた。

この日、つい怒鳴ってしまったのは、デラックス幕の内が原因ではなかった。勤め始めた会社に、とにかく嫌みな上司がいて、その男に対する鬱憤《うつぷん》がなんの関係もない真里に向かっただけだ。

仕事を始めれば、たしかに借金は返済できた。ただ、返済すれば、その月に使う金がなくなった。仕方なく、返した分だけ借りてくる。

一ヶ月、消費者金融で生活費を借り、給料で返済するというパターンだった。

それでも真里には不満はないようだった。

初めて会った夜に真里をホテルに連れ込んでから、ほとんど離れたことがなかった。もちろんこちらが仕事に行くときは、離れ離れになるのだが、その間真里が部屋でじっとしているのは明らかで、帰宅すると、待ちくたびれたような顔で出迎える。ラーメン屋に行くのも一緒。レンタルビデオ屋に行くのも一緒。寝る時間が同じなら、起きる時間も一緒だった。

仕事を始めてしばらく経ったころ、一週間の研修で相模原《さがみはら》に行くことになった。これが終われば本採用の社員になり、固定給も僅《わず》かだが増える。

出発の朝、もう少し寂しそうな顔をするかと思ったが、案外ケロッとしたものだった。「夜、電話するよ」とぼくが言うと、「たかが一週間でしょ」と笑う。

二万円ほど渡して部屋を出た。マンションを出て、振り返ると、いつものように三階のベランダで手をふっている真里の姿があった。

いくらかけても真里が電話に出なかったのは、研修三日目のことだった。決まって夕食を済ませた七時ごろ、ホールの公衆電話からかけていたのだが、この日に限って、七時も留守、七時半も留守、八時、九時、とかけても出なかった。時間が経つにつれ、初めて会った夜、居酒屋のカウンターで酔いつぶれていた真里の姿が浮かんでくる。真里と会った店に電話をかけてみようかと思ったが、店の名前が分からない。そこで克弘なら覚えているかと思ってかけたが、何度かけても留守電になる。

気がつくと、小田原《おだわら》からの上り電車が何時まであるか調べ、バッグも持たずに研修所を飛び出していた。

東京へと向かう電車の中、居酒屋で酔いつぶれている真里を、殴る自分の姿ばかりが目に浮かんだ。たったの三日も離れられないで、一緒に暮らしていけるわけがない、と怒鳴っている自分の姿が見え、なぜか真里の荷物を取りに行った男の部屋が重なった。たとえば一ヶ月に百万円使えれば、百万円の生活をし、一ヶ月に十五万円しかなければ、十五万円の生活をする。上も見なければ、下も見ない。たとえ

「どっちがいい？」と訊いたところで、「どっちでもいい」と答えるような、真理はそんな女だった。

気がつくと、サラ金で借りた金を自分の金だと思って使っていた。今、手元になければ借りる。借りて、借りて、いつしか返せなくなる日がきても、自己破産でもすればすっきりすると考えていた。自己破産するヤツなんて、今どきいくらでもいるじゃないかと、簡単に考えていた。ただ、一度自己破産してしまえば、二度と元の生活には戻れない。自己破産ですっきりするのは、戻りたい生活を持たない者だけだ。

電車を降りて、息を切らして駆け戻った部屋に、真理はやはりいなかった。初めて会った居酒屋に行ってみようかと思ったが、なぜか

「真里はそこに絶対いる」という確信があって、どうしても足が動かなかった。

泣かない女

とにかく、よく泣く女だった。

深夜、テレビで残留孤児のドキュメント番組を観ては泣き、百万部売れた絵本を読んでは泣き、果ては、自分が買っておいたショートケーキを、ぼくが無断で食べたと言っては泣いた。

「ケーキくらいで泣くなよ、みっともない」と、ぼくが言うと、「だって、一緒に食べようと思って買ってきたんじゃない。……それも、なんで、二つとも一人で食べちゃうのよ」と、悔しそうに目に涙を溜《た》めていた。

「買ってくるよ。駅前のケーキ屋だろ？」

「違う。新宿伊勢丹《いせたん》の地下だもん」

「新宿？　なんでそんな遠いところでケーキなんか買ってくるんだよ？」

「美味《おい》しいからじゃない！」

「……ああ、たしかに美味しかった」

涙というのは、雨ではなくて、晴れの日に似ているとぼくは思う。

たとえば、雨の日が三日続けば、「なんだよ、今日も雨か」とうんざりもするが、晴天が三日続いても、「ん？　今日も晴れか」とは意識しない。

智子《ともこ》とは、一緒に暮らしているわけではなかったが、一緒に暮らしているカップルよりも、長い時間を一緒に過ごしていた。

当時ぼくは若い失業者だった。しばらく勤めていた印刷会社を退職し、失業保険とパチンコで生計を立てており、その行きつけのパチンコ屋で、彼女がバイトしていた。

初めて交わした言葉がどんなものだったかは覚えていないが、毎朝、開店前から自動ドアの向こうに立って、店が開くのを待っているぼくを、彼女はかなり前から知っていたらしい。

「店内がとにかくうるさいでしょ? だから、逆に静かというか、店内が妙にシーンとしてて、そのせいで視力がよくなるというか、聴力が弱くなるというか、お客さんたちの動きがスローモーションみたいに見えるのよ。だから、すっとすれ違っただけでも、私の目にははっきりと残像みたいなものがあって、それでいろんなお客さんの顔を覚えてるんだと思う。あなたみたいに毎日来るお客さんだけじゃなくて、たまに来るお客さんの顔も、私、けっこう覚えてるのよね」

彼女の説明を聞きながら、ぼくはそんなもんかとぼんやりと思った。学生のころ、たまに踊りに行ったりしていたが、たしかに大音量の中だと、踊っている人々の動きが、ふとスローモーションのように見えることがあった。

「おまえさ、仕事中でも、そんなにしょっちゅう泣くわけ?」

付き合い始めたばかりのころ、彼女にそんな質問をしたことがある。彼女はしれっとした顔で、「泣くよ。叱られたら泣くし、褒められるとまた嬉《うれ》しくなって泣くし」と答えた。

「職場で嫌われてない？」

「どうして？」

「どうしてって、普通、そんな女が職場にいたら嫌われるだろ？」

「仕方ないじゃない。泣きたくて泣いてるわけじゃないんだから」

「いや、でもさ……。普通、そんな女は……」

そこまで言って、ぼくは言葉を切った。これ以上言うと、その場でも泣き出しそうだった。

智子は、寝ている間にも、泣くことがあった。小さなベッドでからだを寄せ合って寝ていると、最初にその声が聞こえてくるのか、それとも微《かす》かな振動がまず伝わってくるのか分からないが、彼女の泣き声で目を覚ます。

もちろん、付き合い始めたばかりのころは、「お、おい。どうした？」と、やさしく声をかけていたのだが、それも三度、四度と繰り返されるうちに慣れてしまい、いつの間にか彼女が夢を見て泣き出すと、乱暴にその鼻を抓《つま》んで、さっさと泣きやませるようになっていた。

「どんな夢見たら、そんなに泣けるんだよ？」と、ぼくが訊《き》くと、寝ぼけた彼女は、「覚えていない」と、首をふった。

「そんなに泣ける話なら、覚えておいて小説でも書けよ。ベストセラーだぞ」

ぼくがそうからかうと、寝ぼけた彼女は、「そ、それもそうだよね」と、のそのそとベッドから出て行って、何をするのかと思えば、「起きてすぐなら、覚えてるかもしれないよね」と、枕元にメモ帳とボールペンを置いていた。

そのころ、失業中だったので、友達と飲みに出ることもほとんどなかった。ただ、一度だけ、学生時代からの友人である武志《たけし》に、「奢《おご》るからさ」と、珍しく執拗《しつよう》に誘われて、池袋の居酒屋で遅くまで飲んだことがあった。

ビールを中ジョッキで二杯ほど飲んだ辺りで、武志がとつぜん、

「なぁ、もしもさ、おまえの彼女が妊娠したら、おまえどうする？」

と訊いてきた。

「失業中だって言う」とぼくは笑った。

「失業中じゃなかったら？」

顔を覗《のぞ》き込んできた武志の目を見て、もしもじゃないことが分かった。

「そのときに、自分が子供欲しいかどうかにもよるよ」とぼくは言った。

「欲しくない」と武志が首をふる。

「だったら、……そうだなぁ、もしも俺の彼女が妊娠して、俺としては子供が欲しくなくて……」

「……おまけに、向こうは欲しがってる場合な」

「ということは、言い出しづらいから」

「から?」

「おまえに頼む」

「頼むって何を？」

「だから、俺の代わりに、彼女に俺の気持ちを、遠まわしに伝えてくれって。とりあえず、こちらの気持ちを知らせておいてから、そこで、やっぱり堕《お》ろしたほうがいいんじゃないかって、自分で言うかな」

素直な答えだったのだが、言ってすぐに、武志の術中にはまったことに気がついた。

「卑怯《ひきよう》だねぇ、おまえも」と武志は笑っていたが、店を出るとき、その妊娠した彼女とやらの電話番号が書かれたメモを、ぼくは手に握らされていた。

翌日、ぼくは武志の彼女に電話をかけた。

名前を名乗り、武志との関係を説明し、伝えるべきことを、かなり遠まわしに伝えると、「卑怯なことするんだね。男の人って」と、彼女は心底呆《あき》れたようだった。

「やっぱり、自分では言えないんだと思うよ」とぼくは言った。「自分でも、どうすればいいのか分からないんだよ。あいつ、本当に苦しんでるみたいだったし……、ただ、同じ年齢の男として、あいつの気持ちが痛いほど分かったから、あいつには内緒でこんな電話してるんだ」と。

嫌な任務を終えて、智子の部屋でごろごろしていると、早番を終えた彼女がスーパーで夕食の食材を買い込んで帰ってきた。

「どうしたの？　なんか元気ないみたい」と訊いてくるので、「晩メシさ、外に焼肉でも食いに行かないか？」と、ぼくは誘った。友人のためにやったこととはいえ、かなり後味が悪かったのだと思う。せっかく買った食材をどうしようかと迷ってはいたが、智子は素直についてきた。二人で向かったのは、駅前の小奇麗な焼肉屋だった。味はいまいちで、値段が安い店だった。

よほど落ち込んでいたのか、３８０円のカルビを焼きながら、智子は何度も、「どうしたの？　元気ないね」と訊いてきた。その都度ぼくは、生焼けのカルビを口に入れ、「別に、なんでもないよ」と目を逸《そ》らした。

智子が奥のテーブルで食事をしていた家族連れに気づいたのは、あらかた肉も食べ終わり、最後に注文したクッパが届けられたころだった。

「あの夫婦も、うちのお店の常連さんなんだよね」

智子が特に感慨もなくそう言った。

智子が振り返ったほうへ目を向けてみると、いわゆるどこにでもいそうな夫婦が、テーブルの横にベビーカーを置いて、味はいまいちだが、値段の安い肉を食っており、旦那《だんな》のほうは肉を食いながら、女房と会話をするでもなく、椅子に置いたスポーツ新聞を読んでいる。

「見たことないな」とぼくは言った。

「そう？　いつも週末になると、夫婦揃って来て、けっこう朝から夕方までいるよ」

クッパをとりわけながら、智子が興味もなさそうにそう教えてくれる。ぼくはまたなんとなく夫婦のほうへ目を向けた。ベビーカーの赤ん坊は店内の騒音も匂いも気にならないらしく、沈み込むようにぐっすりと眠っており、母親は赤ん坊が眠っている隙に、三日分の食事をまとめて取っているかのような勢いで、焼けた肉を頬張っていた。

それから二週間ほど経ったころだった。この赤ん坊が、智子が勤めるパチンコ屋の駐車場で死んだ。

ぼくはそのニュースをテレビのワイドショーで知った。いつものように智子の部屋でごろごろしており、インスタントの焼きそばにお湯を入れて、出来上がるのを待ちながら、ぼんやりとテレビをつけていると、見知った駐車場の映像がブラウン管に映し出されたのだ。一瞬、智子に何かあったのではないかと思った。彼女が勤めている店の駐車場が映っただけなのに、智子が何か事件に巻き込まれて、刺し殺されたのだと直感したのだ。

慌ててボリュームを上げると、深刻ぶったレポーターが、駐車場で亡くなった赤ん坊の無念を、貧弱な自分の言葉で代弁していた。

その数時間後、智子から、「今夜は遅くなるから」という電話があった。

「例の事件でか？」とぼくが尋ねると、「そうなの。なんで、知ってるの？」と、もう涙声になっている。

「テレビで見たよ」とぼくは答えた。

「あの赤ちゃんなのよ。ほら、この前、一緒に焼肉屋に行ったでしょ？」

そこまで聞いて、ぼくは店の奥のテーブルで黙々と肉を食べていた夫婦の様子が目に浮かんできた。テーブルの横にはベビーカーが置いてある。眠っているように見えた赤ん坊が、まるであのときすでに死んでいたのではないかというイメージがよぎる。

「マネージャーが呼んでるみたいだから切るね」

智子にそう言われ、「ああ」とぼくは肯《うなず》いた。「泣いてんだろ？」と慌てて訊くと、「だって、いつもあのお母さんに抱かれてた、あの赤ちゃんなんだよ」と、智子がしゃくり上げる。

「おまえが泣いたって仕方ないだろ」とぼくは言った。

智子は涙声で何か言い返そうとしたが、マネージャーからまた呼ばれたらしく、何も言わずに電話を切った。

覚悟はしていたが、その晩、仕事から戻ってくると、智子は床に突っ伏して泣いた。なんでも、その赤ん坊が車の中に置き去りにされていたとき、智子は二度も用事があって駐車場を通り、その際、二度とも助手席のチャイルドシートに寝ている赤ん坊の姿を見ていたらしいのだ。

ぼくは、智子が泣きやむのを待つ間、近所のラーメン屋に行き、帰りにコンビニで立ち読みをした。一時間ほどで部屋に戻ると、まだまつげは濡《ぬ》れていたが、智子は泣きやんでいた。

その夜、珍しく二度も彼女を抱いた。最初は、「今夜はそんな気分じゃないの」と拒んでいたのだが、少し乱暴にそのからだを抱くと、智子はいつもより少しだけ大きな声を上げて、力いっぱいぼくのからだにしがみついてきた。

智子を抱きながら、ぼくは赤ん坊が死んだ駐車場の光景を思い描いていた。店内のように、うるさすぎて静かな場所ではなく、パチンコ屋の駐車場は、本当に静かな場所だったのだろうと思った。

智子から妊娠したことを告げられたのは、それから三ヶ月ほど経ったころだった。すでにぼくは失業保険も切れ、毎日のように就職情報誌を頼りに面接を繰り返す日々を送っていた。

智子がそのことを初めて告げた夜は、タイミング悪く、ぼくが不採用通知をまとめて二通も受け取った日で、「こんな日にあれなんだけど……」と切り出した智子も、どこか言いにくそうな顔をしていた。

「すぐに決めてくれなんて言わないから」と智子は言った。

ぼくは、自分が何を決めろと言われているのかも分からないような動揺ぶりで、「あ、ああ。分かった。もうちょっと時間をくれ」と答えるのが精一杯だった。

面接で忙しいという理由で、それから数日、智子のアパートには行かなかった。そしてその翌週、ぼくは武志に電話をかけた。

「おまえ、まだブラブラしてんのか?」と笑う武志を、「なぁ、奢るからさ。一緒に酒でも飲みに行かないか?」と誘ったのだ。

武志と池袋の居酒屋で飲んだ翌々日、受かるはずもない外資系の保険会社の面接を受けてアパートへ戻ると、武志から電話があった。一瞬、もう不採用の連絡がきたのかとうんざりして受話器を上げたのだが、武志の声が聞こえて、それ以上にうんざりした気分になった。

「泣いたろ？」

開口一番、ぼくはそう武志に尋ねた。しかし、武志が、「いや、別に」と答える。

ぼくはその言葉が信じられず、「じゃあ、言ってすぐに電話切ったんだろ？」と訊いた。

「いや、しばらくしゃべってたよ」

「それでも、あいつ、泣かなかったのか？」

「あ、ああ。ぜんぜん」

「おまえ、ちゃんと伝えてないだろ？」

「ちゃんと伝えたよ」

「なんて？」

「なんてって、この前、飲んだときにおまえが言ってた通り」

「だから、なんて？」

「今は言いたくない。口にすると、また嫌な気分になる」

「ほんとに、あいつ泣かなかった？」と、ぼくは改めてそう訊いた。

ただ、何度訊いても武志は、「ああ。泣かなかった」としか答えなかった。

その夜、恐る恐る智子のアパートへ行った。武志の電話で我慢した分も、今夜泣くのだろうと覚悟していた。

合鍵《あいかぎ》で部屋に入ると、智子は台所で夕食を作っており、「あ、来たんだ？　ちょうど良かった。シチュー作ってたのよ」と明るい声で迎えてくれる。

逆に気味が悪くなり、ぼくは部屋に入るのを躊躇《ちゅうちょ》した。

「武志くんから電話あったよ」

智子がシチューをかき回しながら言う。

「あ、ああ」と、ぼくはぎこちなく返事した。

「あなたの気持ちは分かった。でも、病院には付き合ってよね」

まるで、明日、買い物に付き合ってよね、とでも頼むような言い方だった。

「い、いいのか、それで？」

ぐずぐずと靴を脱ぎながら、そう訊いた。

「いいよ。それで」と智子が答える。

「ほんとにいいのか？」とぼくは訊いた。

智子はちらっとぼくのほうを睨《にら》んだ。いつもなら、それが泣き出すタイミングだった。しかし、智子はすぐにその視線を鍋《なべ》に戻し、「今日、店に誰が来たと思う？」と話を変え、「……あの赤ん坊のお母さん。あのお母さんが来たんだよ」と呟《つぶや》いた。

「嘘だろ？」と、ぼくは思わず声を上げた。

自分の不注意で赤ん坊を死なせた場所に、その母親がどんな顔で来られるのか分からなかった。

「ほんと。私も目を疑ったけど、間違いなく、あの人だった」

「パチンコしに？」とぼくは訊いた。

ぼくの質問が馬鹿げていたのか、智子が、当たり前じゃないとでも言いたげな顔をこちらに向ける。

部屋にはクリームシチューの匂いが漂っていた。

ぼくは智子の横に立ち、ぐつぐつと煮立っている鍋を覗き込んだ。

それでも彼女が何も言わないので、「……今日は、泣かないんだな？」と訊いた。

智子はちらっとぼくのほうを見たのかもしれない。ただ、ぼくはぐつぐつと煮立つ鍋から目を離さなかった。

「もう、やめられないんだろうね」と智子が言った。

一瞬、なんのことだか分からなかった。

「……あのお母さん、もうパチンコやめられないんだよ、きっと」

智子はそう呟くと、ぼくが覗き込んでいた鍋に、乱暴に音を立ててふたをした。

平日公休の女

とにかく、気前のいい女だった。バイト代が入る前で金がないといえば、帰りがけにポンと三万円も貸してくれ、「いいよ、こんなに」と突き返そうとすると、「週末、それで何かごちそうしてよ」などと、金と一緒にそれを受け取るべき理由まで揃えてくれるような女だった。

女は、北海道の出身だった。当時、別冊マーガレットという少女コミック誌に『POPS』という札幌《さっぽろ》が舞台のマンガが連載されていた。一度、その日がちょうど発売日だったのだと思うが、近所のコンビニで買ってきて、「あ、見て、この通り！ 高校んときの通学路だったのよ」と、興味もないぼくに教えてくれた。

彼女とは、大学の同級生だった和也《かずや》の紹介で知り合った。

ある夜、和也から電話があって、「これから、彼女のアパートで鍋《なべ》やるんだけど、おまえもこない？」と誘われた。

とうぜん、「なんで、俺も？」と訊ねたのだが、和也の話では、そこに彼女の友達も来ているらしく、その子が、「誰か友達も呼んでくれ」と、言っているらしかった。

和也の彼女は、当時、西国分寺《にしこくぶんじ》のアパートに一人で暮らしていた。

電話がかかってきたのがすでに夜の八時すぎで、その後、新宿駅で落ち合って、八王子《はちおうじ》駅行きの中央線快速に乗ったときには、九時を回ろうとしていた。

「これじゃ、アパートに着くの、十時だな。大丈夫か？」

高架を走る列車から、どこまでも窓明かりの続く眼下の街を眺めながら尋ねると、同じように窓の外を眺めているのだろうと思っていた和也が、「おまえってさ、なにげに、俺より背高いんだな」と、質問とは関係のないことを言う。

「背？」

和也の視線を追って、窓ガラスに目を向けた。真っ暗な街並みを背景に、ぼんやりとつり革を握る二人の男が映っている。

「そうか？　一緒くらいじゃねぇ？」

だらしなく折り曲げていた膝《ひざ》を伸ばし、きちんと和也と並んで立ってみる。たしかに数センチだけ、自分の頭が上に出る。

「別に、雑魚寝でもいいよな？」

すでに身長の話には興味がなくなったらしい和也が、今度は中吊《なかづ》り広告に目を向けながら訊《き》いてきた。

「俺はいいけど、向こうは平気かな？」と、ぼくは尋ね返した。

「向こうって？」

「いや、だから、おまえの彼女とか、その友達とか」

「平気なんじゃねぇ」

「部屋、広いの？」

「いや」

「どれくらい？」

「六畳のワンルーム。でも、屋根裏みたいにロフトがついてる」

「ロフト？」

「いや、ロフトっていっても、ロフトベッドっていうか、そこに布団が一枚敷いてあるだけだけどな」

「ああ、あの梯子《はしご》みたいなので、上ってくやつ？」

和也は、「そうそう」と肯《うなず》いて、つまらなそうに指先のささくれを噛《か》み始めた。その顔が東京郊外の夜景に重なっていた。


彼女と二人きりで会ったのは、それから三日後のことだった。彼女は、吉祥寺《きちじょうじ》のデパートで化粧品の販売員をやっていた。和也の彼女とは会社は同じだが、勤務するデパートが違うらしかった。

吉祥寺にあるデパートの社員通用口で待ち合わせ、一緒に小さなフランス料理の店に行った。その店を選んだのは、彼女だった。店先に出ているメニューを一目見て、「俺、こんなに金持ってないよ」と素直に言うと、「大丈夫よ。私、昨日、給料日だったから」と、彼女はぼくの手を引っ張った。

「この前、朝まで一睡もできなかったでしょ？」

見慣れぬ料理の前で、戸惑いを隠しきれないぼくをよそに、彼女は器用に小分けした白身魚の身をフォークに載せ、パクパクとリズムよく食べている。

「眠れないよ。ロフトの上で、あんなにコソコソしゃべられたんじゃ」

すぐに崩れる魚の身をやっと口まで運んで、ぼくは答えた。

「コソコソ、いちゃつかれたほうが、よっぽど気になるよねぇ」

「ほんとだよ。ヤるんなら、さっさとヤッて寝ればいいんだよ」

ぼくの言葉に、彼女は明るい笑い声を立てた。和也たちと鍋を囲んだときもそうだったが、下ネタに顔を赤らめるタイプの女じゃなかった。

三日前、和也の彼女のアパートで、食事を済ませたぼくらは、ロフトの上と下に分かれて寝た。下には一組だけ布団があったが、さすがに初対面で一緒に寝るわけにもいかず、その夜は、彼女が布団で寝て、ぼくは毛布だけを借り、入り口近くに陣取って、クッションを枕に寝転がった。

ロフトの上がなかなか寝ないのは分かっていたが、座卓の向こうにいる彼女は、寝息を立てているようだった。一度だけ、ぼくを跨《また》いでトイレに行ったのだが、行きも帰りもぼくがかけている毛布を踏んだ。

小さなフランス料理店を出たあと、井《い》の頭《かしら》公園を散歩した。ぽつん、ぽつんとあるベンチはすでにカップルたちで満席で、池のほとりにある柵《さく》に腰掛け、好きなお笑いタレントの話なんかをしたあとに、とても長いキスをした。

その日から、公休のたびに彼女はぼくのアパートに泊まりにくるようになった。むさ苦しかったユニットバスには、日ごろ彼女が売っている化粧品が置かれ、中に入ると、まるでデパートの一階にいるように、甘い匂いに包まれた。

彼女が泊まりに来ない夜も、もちろん、その匂いは残った。たまにシャワーを浴びながら、なんとなく手にとってみた。中には何に使うのか分からないようなものもあったが、どれもこれも、思わず「マジ？」と、絶句してしまうほど高価なものばかりだった。

当時のぼくの暮らしぶりはといえば、たまに大学で授業に出て、たまに短期のアルバイトをして、たまに田舎の両親に金をせびって、そしてたまに、「このままでいいのかよ？」と呟《つぶや》くような、典型的な大学生だった。

なので、引っ越し費用にと、一年間かけて貯めた二十五万円は大金で、銀行に預金もせず、親戚《しんせき》にもらった入学祝の封筒に入れ、いつも枕元に置いていた。

初めて彼女が泊まりに来た夜、その金で引っ越しする予定なのだと話した。

「ここ、気に入ってないの？」と彼女が訊くので、二年生までは、都内のキャンパスなのだが、三年からは専攻課程に移るため、多摩地区のキャンパスに通うのだと説明した。

ならば、私の寮の近くにしてよ、と彼女は言った。和也の彼女は、すでにその寮を出て西国分寺にアパートを借りていたが、彼女はずっとそこで暮らし続けていたのだ。

「寮って、練馬《ねりま》のほうだろ？　逆に遠くなるよ」とぼくは言った。

「じゃあ、どの辺りに借りるのよ？」と彼女が訊くので、ぼくは素直に京王《けいおう》線の終着駅の名前を告げると、彼女は大げさに倒れこむ真似をして、「ねぇ、それ、いやがらせ？」と真顔で訊いてきた。

実際、狭い部屋にはうんざりだった。大学に近いと思って借りたアパートは、ベッド一つで占領されてしまうようなワンルームマンションで、ここに二年も住んでいたかと思うと、自分のからだがその二年で数センチ縮んだような気にさえなった。

郊外に出れば、同じ家賃でもっと広い間取りのアパートが借りられた。駅からの距離を考えなければ、２ＬＤＫも夢ではなかった。

一度、彼女と物件を見学に行ったことがある。まだ引っ越し予定日には間があって、本格的に探すというわけでもなかった。彼女の公休が平日だったので、郊外へ向かう電車はがらんとしていた。

電車を降りて、閑散とした駅前広場に出ると、彼女が一言、「私、毎週、ここに通ってくる自信ない……」と呟いた。冗談のようにも聞こえたし、まだ知り合って間もないぼくたちの当時の関係を、たった一言で言い表されたような気もした。

駅前に何軒か不動産屋があった。表に張り出されているのは、どれも学生用のアパートの間取りで、玄関を開けると台所があり、その脇にトイレと風呂《ふろ》場があって、代わり映えのしない六畳間がついている。

「もっと、安いのかと思ったら、この辺でもけっこうするんだねぇ」

彼女が掲示された家賃を眺めながらそう言った。「住みたいところじゃなくて、みんな、住めるところに住んでるんだよねぇ」とも言った。単なる彼女の感想なのだろうが、なぜか胸に刺さってくるものがあった。

不動産屋に内見できないのかと尋ねてみると、学生証か何か、身分証明書があれば、鍵《かぎ》を貸してくれるという。

鍵と物件に印をつけてもらった地図を持って、ぼくらは「第三ペガサス」というアパートに向かった。駅からは歩いて五分ほどだったが、閑散とした駅前から五分も歩くと、アスファルトの道は、未舗装の道路になってしまう。

「ここ、夜、一人で歩くの怖いよね」

彼女が心細そうに言うので、「駅まで迎えに行くし、ちゃんと帰るときは送ってくよ」とぼくは言った。

「喧嘩《けんか》したときも？」

「喧嘩したときも」

「ものすごく、私に腹が立ってて顔を見たくなくても？」

「そんときは、顔見ないように送ってく」

たどり着いたアパートは、外階段のついた二階建ての建物で、完全に「ペガサス」に名前負けしていた。空いているのは、一階の一番奥の部屋だった。鍵を開け、中に入ると、以前住んでいた人が置いていったのか、何冊か週刊誌が玄関口に積まれていた。

「汚れてるみたいだから、靴のままでいいよ」

靴を脱ごうとする彼女に、ぼくはそう言った。

第一印象はあまり良くなかったのだが、六畳間の窓を開けると、目の前に大きな桜の木があった。

「ここで花見できそうね」と、彼女が呟く。

「こんなに目の前にあると、『俺の桜』って感じするな」と、ぼくもまんざらではなくなっていた。

窓際に腰掛けて、途中で買ってきた缶コーヒーを飲んだ。隣にも学生が住んでいるのか、下手くそなギターの音が聞こえた。

「ねぇ、ちょっと訊いてみたいことがあるんだけど」

とつぜん彼女がそう言った。答えるつもりで、彼女のほうへ目を向けると、「あのさ、私のほかにも好きな人いるでしょ？」とさらっと訊いてくる。

一瞬、呆気《あっけ》にとられて言葉を失った。すると続けて、「前に付き合ってた人、まだ好きなんでしょ？」と言う。

まず、和也の顔が浮かんで、次にその彼女が浮かんだ。

「いや、もうふっきれた、って言ったら信じる？」とぼくは訊いた。
彼女はすでに視線を桜の木に戻していた。
「和也の彼女から聞いたんだろ？」と、ぼくは質問を変えた。すると、
彼女は黙って肯き、「どんな人だった？」と訊いてきた。
「イヤな女」とぼくは答えた。
するとと彼女が、「別れても、忘れられないくらいイヤな女か」と独りごちる。
「でも、ほんとにもう、ふっきれてんだって」と、ぼくは強がった。
強がったふりをするというよりも、負け惜しみに近かった。
「ほんと？　和也くんたちの話じゃ、かなりの重症なんでしょ？」
と、彼女が見つめてくる。

「いや、ほんとに。もうふっきれてるって」と、ぼくは言った。

「和也くんたちは、まだふっきれてないと思うって……」

「和也たちと俺、どっち、信じんの？」と、ぼくは訊いた。

一瞬迷って、彼女はぼくの目をまっすぐに見た。


それでも、ぼくらの関係はしばらく続いた。休みの前の日には必ずぼくのアパートに泊まりに来たし、一度だけだったが、一緒に箱根《はこね》の温泉に行ったこともある。考えてみれば、このときも旅費は彼女持ちだった。

そのイヤな女から、よりを戻せないかと電話があったのは、ちょうどそのころのことだった。電話では、「今、付き合ってる子がいるんだ」と言いはしたが、心の中では、今すぐにでも会いたくて仕方がなかった。

一晩、悩んだ。いや、正直に言えば、一晩、悩んだふりをした。

翌日、吉祥寺のデパートに電話をかけて、「今夜、会えないかな」と彼女を呼び出した。待ち合わせしたのは、最初のときと同じデパートの社員通用口で、レストランではなく、井の頭公園近くにある小さな喫茶店に入った。

とつぜんの電話で、彼女も何か感じていたのだと思う。彼女は終始、一緒に見に行ったアパートの桜の木のことを話していた。

「昨日、前に付き合ってた女から電話があったんだ」と、ぼくは話を切り出した。

彼女は注文した紅茶に口もつけず、外ばかりを見つめていた。

自分でも何をどう説明したのかは覚えていない。頭に浮かぶ言葉を、ただ浮かぶままに口に出していたような気もするし、なかなか出てこない言葉にいらだって、乱暴な説明になっていたのかもしれない。

それでも一応言わなければならないことを全部言うと、彼女はずっと窓の外に向けていた顔をこちらに戻し、たった一言、「イヤなことしてよ」と、ぼくに言った。

一瞬、なんのことだか分からずに、「イヤなことしてよ？」と、馬鹿みたいに訊き返してしまった。

すると、彼女が、「そう。私が、こんな男となんて別れてよかったって思えるくらい、イヤなことしてよ」と繰り返す。

「そんなこと、急に言われても……」

思わず言葉につまり俯《うつむ》くと、彼女はさっと伝票を取って立ち上がり、そのまま店を出て行った。

正直、ほっとしている自分がいた。

自分では、もっと修羅場になると思っていたのだと、そのとき初めて気がついた。テーブルには、彼女が一口も飲まなかった紅茶があった。

喫茶店を出て、アパートへ戻る電車の中、自分は本当に彼女が好きだったんだろうかと考えていた。何かの埋め合わせをするために、好きでもない女と時間を過ごしていたのではないだろうか、と。好きでなかったわけではない。ただ、好きだったわけでもない。きっとこれから好きになれると、そう思っていたのは間違いない。

アパートへ戻ると、和也の彼女から電話があった。

「ひどいことするのね」と、彼女は言った。

ひどい責められようだったが、喫茶店を出て行った彼女が、こうやって女友達に電話をかけ、ぼくを非難したのだと思うと、どこかでほっと肩の荷が下りるような気がしないでもなかった。

「前の彼女とよりを戻すからって、そんな理由ある？　それじゃ、あんまりかわいそうじゃない。それじゃ、まるで、よりを戻すまでの間だけ、いいように利用されてただけじゃない」

さんざん悪態をつくと、電話は一方的に切られてしまった。結局、何も言い返さず、黙ってその言葉を聞いていた。聞きながら、「イヤなことしてよ」と呟いた彼女の言葉が蘇《よみがえ》った。

これ以上、イヤなことなど、ないような気もしたし、こんな残酷なことができるのだから、自分にはもっとイヤなことがいくらでもできるような気もした。

電話を切ってトイレに入ると、ユニットバスの洗面台に彼女の化粧品が並んでいた。安いものでもない。送ってあげたほうがいいに違いない。

紙袋に化粧品を詰めた。何か手紙を書こうかと思ったが、一言も書くべき言葉が見つからなかった。途方にくれて、ごろんとベッドに転がると、枕元に引っ越し資金の入った封筒があった。

ぼくは封筒を摑《つか》んで起き上がると、フェルトペンを手に取った。入学祝にもらった封筒だったが、その「御祝」と書かれた文字を消し、そこに乱暴な字で「手切れ金」と書きつけた。

公衆電話の女

最近、見なくなった風景の一つに、街角の電話ボックスがある。もちろん、まったくなくなってしまったわけでもないのだろうが、以前は街の至るところにあって、新宿や渋谷《しぶや》の電話ボックスの前には、いつも順番を待つ人たちの列があった。

ぼくが彼女に会ったのは、まさにそんな時代で、そのときもまさに、ぼくは新宿駅そばの電話ボックスの前で、彼女の電話が終わるのを待っていた。

どんな用件で、誰に電話をかけようとしていたのか、今ではもう思い出せないが、そのとき彼女が着ていた薄紫色のシャツのことは不思議と鮮明に覚えている。よく糊《のり》の利いたシャツで、下ろしたてのようにも見えた。受話器を耳に当て、ときおり彼女が肩や腕を動かすと、その糊の利いた襟が、まるで彼女の首筋を切るように動いていた。

そのとき自分がとても焦っていたことは覚えている。とにかく誰かに何かしらの用件を早く伝えなければならず、最初に目についた電話ボックスに駆け寄ったのだが、数秒の差で彼女が先に入ってしまったのだ。

とても中途半端な場所で、駅へ戻るにも数分かかり、かといって百メートルほど離れた場所にある電話ボックスにもすでに先客の姿があった。

他人の電話というのは、それがどれくらい続くものなのか、まったく見当がつかない。「うん、分かった。じゃあ……」と聞こえたので、やっと終わるのかと思えば、「え？　何？　だからそれは……」と話が続くこともあるし、「えっと、それでね……、もう、信じられない……」などとだらだらと続きそうに見えて、「……あ、そう。じゃあね」と唐突に終わってしまうこともある。

元々ぼくは世の中の「列」という「列」がすべて嫌いで、「そこに一列に並べ」と言われると、無意識のうちに半歩ずらして立つ癖があるようで、小学校や中学校のときには、「全校生徒の中にいても、おまえが立ってる場所は一目で分かるぞ」と、いつも先生に叱られていた。もちろん、わざとやっているわけでもなかったので、もしかすると、体というか、平衡感覚に多少の問題があるのかもしれないなどと、心配しかけたこともある。

ただ、世の中の摂理として、こちらが「列」を嫌えば、「列」のほうからも嫌われるわけで、たとえば駅の切符売り場や空港のイミグレーションなど、ことごとく自分が並んでいる列の進み具合が一番悪い。「気のせいだよ」と、みんなには笑われるが、事実そうなのだから仕方がない。

話を戻そう。というわけで、ぼくはどうせ向こうのボックスのほうが早く空くんだろうな……。でも、そう思って向こうへ行ったとたん、今度はこっちが空いて、別の奴に横取りされるんだよ、などと考えながら、彼女の電話が終わるのを待っていた。

彼女は最初こちらに背中を向けて立っていたので、ぼくが並んでいることには気づいていなかったのかもしれない。ガラス一枚隔ててただけなので、聞こうとしなくても、声は漏れてくる。彼女は友達らしき相手に、待ち合わせの時間を一時間ほど遅らせてほしいと頼んでいた。

「……うん。分かってる。ほんとにごめんね。じゃあ、あとで」

そう話す彼女の声が聞こえたので、ぼくは財布からテレホンカードを取り出した。しかし、受話器を置いた彼女が、再び受話器を持ち上げて別の番号にかけ始める。一瞬、ガラス戸を蹴《け》ってやろうかと思うほどだったが、その次の瞬間、ふとこちらを振り返った彼女が、外で待っているぼくの存在に気づき、「あ、ごめんなさい」と驚いたように口を動かしたのだ。

「あ、いえ」と、思わずこちらも頭を下げた。

彼女はすぐにこちらに背を向けて、そのまま別の相手との会話を始めたが、一瞬ボックスの中に日が差したようだった。ちょっと大げさに言えば、目の前の電話ボックスが、まるで花束のように見えたのだ。四方を囲んだガラスが透明のセロファンで、薄紫の花が包まれているような。

二本目の電話はとても短い会話だった。

「……はい。分かりました。七時半に、ワシントンホテルの1334ですよね」

「……明日じゃ、駄目なんですよね？」

「……はい、じゃあ、十時半までには事務所に持っていきます」

一本目の電話とは違って、とても事務的な口調でそれだけ言うと、彼女は、「すいません」と軽い会釈をよこし、狭いボックスから外へ出てきた。彼女と入れ替わるように、ぼくは狭いボックスに体をねじ込んだ。

公衆電話の周囲には小さなチラシがいくつも貼ってあり、どのチラシにも胸の大きな女の子の写真が載っていた。ボックス内には、彼女の香水の香りが残っていた。少し汗が混じったような、とても甘い香りだった。

中途入社で入ってきた神野《かんの》さんが、あの日、公衆電話で話していた女だと気づくまで三週間ほどかかった。

初日、総務課の課長に連れられて各部署に挨拶《あいさつ》して回る神野さんを目で追いながら、どこかで会ったことがあるとは思っていたのだが、結局、課長と彼女がフロアを出て行くまでには思い出せず、その後、仕事で絡むこともなくて、そのまま忘れてしまっていた。

ちょうど三週間目が、社内クラブの野球大会だった。ぼく自身は熱心な部員ではなかったのだが、代打に立たせればまぐれで打つこともあるという理由で、補欠部員のようになっていて、その日も部長から強制的に参加させられていた。

神野さんは他の女子社員たちと一緒に、昼ごろに弁当を抱えてやってきた。残念ながら試合は午前中の一回戦で負けていたので、午後からは多摩《たま》川河川敷での社内ピクニックのようになった。

神野さんが例の公衆電話で話していた女だと、ふと思い出したのは、隣で弁当を食っていた同僚の笹木《ささき》が、「なぁ、こういうのって実際のところ、どうなんだろうな？」と、財布の中からピンクチラシを出したのと、お茶を配っていた神野さんが、ぼくに缶の烏龍茶《ウーロン》を手渡してくれたタイミングが重なったからだ。

思わず、「あ」と声を漏らしてしまったのだが、幸い、隣でピンクチラシを彼女に見られた笹木が、「うわっ」と慌てた声のほうが大きくて、ぼくの声のほうは目立たなかった。

笹木が手に持っていたチラシを見て、「笹木さん、財布に何入れてるんですかぁ」と彼女は笑った。屈託のない笑い方で、そこには恥じらいもためらいも恐れもなかった。

先輩女子社員に呼ばれて、彼女は土手のほうへ走っていった。危なっかしい足取りで急な土手を登っていく彼女の尻《しり》を眺めながら、「神野さん、男いるんだってよ。……まぁ、いるよなぁ」と笹木が言った。

彼女が応援に来ると分かったことで、急遽《きゅうきょ》、野球大会に参加した若い社員が数名いた。もちろん、公言していたわけではないが、「神野さんがどこにいるか、古川《ふるかわ》くんたちの視線を追えばすぐ分かるわ」などと、他の女子社員たちが笑っていたので、隠していたとも言えないだろう。

その日、地区別の配車の関係で、ぼくの車に神野さんが乗ることになった。他にも経理課のベテラン女子社員と、営業課の主任を乗せたのだが、どう考えても多摩川の道筋で最後に降ろすことになるのが神野さんだった。

助手席に乗っていた経理課の女子社員と、運転席の後ろに座っていた営業課の主任を降ろすと、運転手とその斜め後ろに神野さんが座るという奇妙な感じになってしまった。ただ、ルームミラー越しに相手の顔が見えないこともなく、わざわざ車を止めて席を移動させ、逆にヘンな沈黙が続くよりも、そのままのほうが自然なように思えなくもなかった。

二人きりになると、神野さんはしばらくの間、仕事の話をしていた。話したかったというよりは、何か話していたほうがいいのだろうと、気を遣っているらしかった。

「あのさ、俺、前に神野さんを見かけたことあるんだよね」

もちろん何かを暴露してやろうと思ったわけではなく、新宿の電話ボックスでちらっと見たのが神野さんだったような気がすると言いたかっただけだ。

「いつごろですか？」と、神野さんは訊《き》いてきた。特に疑《うたぐ》り深くもなく、ケロッとした訊き方だった。

「二ヶ月くらい前かな」

「え？　私がこの会社に入る前？」

そこで、初めて彼女が声色を変えた。会社に入ってからのことだと思っていたらしかった。

「あ、でも、なんとなくだよ。新宿だったかな、電話ボックスで話してる女の人がいて、今になって考えてみると、なんか神野さんに似てるんだよね」とぼくは言った。ルームミラーで確認すると、ちょっとほっとしたような顔をしている。

「そうなんですか？」と彼女は言った。

「うん、ただ、はっきりと覚えてるわけでもないんだよね」

「でも、よくそういうの覚えてますね」

神野さんは安心したのか、少し体を前のめりにして助手席のシートを摑《つか》んでいた。ちょうど信号で車が止まったので、ぼくはちらっと彼女のほうへ顔を向け、「そういうのって？」と訊き返した。

「だから、電話ボックスで話してる人のことなんか、私、絶対に覚えられないから」

神野さんがそう言って、「……うん、たぶん無理」と首をふる。

「いや、俺だって、電話ボックスで話してる人ぜんぶを覚えてるわけじゃないよ」とぼくは笑った。その瞬間、「じゃあ、なんで？」と訊こうとしたのか、彼女の唇が微《かす》かに動いたのだが、その答えが先に頭に浮かんで躊躇《ちゅうちょ》したのか、言葉は出てこなかった。代わりに、「美人だったから覚えてたんだろうな」と、ぼくはなるべく軽い感じで言った。

彼女は、「またまた」と少しだけ微笑んで、すっと助手席のシートから手を離すと、背中を後部座席に戻した。

それからしばらくの間、会話はなかった。ルームミラーに映る彼女は、窓の外を流れていく景色を眺めており、ときどきカーラジオから聞こえてくる歌を、小さく口ずさんでいた。

まだ汚れたユニフォームを着たままだったせいもあるのか、ぼくは見知らぬ街の見知らぬ通りでハンドルを切りながら、なぜか高校生だったころのことを思い出していた。

一度も公式戦で勝ったこともないような弱小チームだったが、一応野球部に入っていて、毎日、日が暮れるまで練習していた。

当時、近所に好きな女が住んでいた。ぼくより一つ年上で、隣町の女子高に通っている目の大きな女だった。毎朝、同じバスに乗るだけで、言葉を交わしたことは一度もなかった。

ある日、練習の帰りに友達の家に遊びに行って、いつもより帰宅するのが遅くなった。最終に近いバスに乗って帰ってくると、バス停の前にある電話ボックスに彼女の姿があった。

暮らしていたのが新興住宅地だったので、周囲には店もなく、一応整然と植えられた街路樹の間に、ぽつんとその電話ボックスの明かりだけがあった。

そのバス停で降りたのはぼく一人だった。通りを歩いている人もおらず、通りの向こう側とこちら側だったが、彼女と二人きりで夜の中に立っているようだった。

彼女がこちらに気づいている気配がなかったので、多少ためらいはしたが、ぼくは彼女の横顔が見える位置まで移動し、街路樹に身を潜めた。

町は静かだったが、電話ボックスまでは距離があって、彼女の声までは聞こえなかった。ただ、彼女の横顔ははっきりと見えた。彼女は受話器を向こう側の耳に当て、ときどき電話のダイヤルの辺りを指で撫《な》でていた。

誰と話しているのかは分からなかったが、彼女はとても楽しそうで、暗い住宅地にぽつんと光を放つボックスの中、今にも笑い声が聞こえてきそうなほどの笑顔を見せた。覗《のぞ》き見しているこっちまで、思わず微笑んでしまうような、そんな幸せそうな笑顔だった。

どれくらい覗いていたのか、彼女が受話器を置いた。ぼくは慌てて街路樹の裏に隠れた。ドアを開ける音が聞こえ、閉まる音が聞こえ、足音がゆっくりと遠ざかっていった。

完全に足音が聞こえなくなるのを待って、ぼくは彼女がいた電話ボックスに入った。肌寒い秋の夜だったが、ボックスの中は少しだけ暖かく、おそらく彼女が使っているのだろう甘いシャンプーの香りが残っていた。

その翌日も、ぼくは同じ時間に家を抜け出し、バス停前の電話ボックスに行った。もしも彼女がそこにいれば、電話の相手は恋人なのだろうと考え、いないでくれ、と願いながら。

しかし、彼女はそこにいた。その電話ボックスで、誰かと幸せそうに話をしていた。ぼくは何食わぬ顔をして電話ボックスの前をゆっくりと歩いた。近づくにつれて彼女の声が聞こえてくる。

「……写真できてるよ。明日、持ってく」

聞こえてきたのは、そんな言葉だった。ぼくは電話ボックスを通り過ぎ、次の角を曲がって家に戻った。

「あ、その先の信号のところで」

ふと声をかけられて、ぼくは慌ててブレーキに足を乗せた。ルームミラーに再び身を乗り出している神野さんが映っている。

「この辺なんだ？」

神野さんが車を止めてくれと言ったのは、都心へ向かう大きな国道と環状線が交差している場所だった。

「ここから歩いてすぐなんですよ」と彼女は言った。

「もし、あれだったら、家の前まで送るよ」

先に降ろした二人も同じように玄関先まで送っていたので、とうぜんそうするつもりだった。一人暮らしなら問題だが、家族と一緒だと聞いていた。

「いえ、いいんです。そこで」

言っている間に、彼女が指定した信号に着いていた。しばらく言葉を交わさずにいたせいで、なんとなくぎこちない空気が流れている。

車を路肩に止めると、ぼくは後ろを振り返って、「ほんとにここでいいの？」と訊いた。「あ、ええ」とかなんとか言いながら、彼女がドアを開けようとして、とつぜんその手を止めた。

「あの、さっき私らしき人を見たって言いましたよね？　それってどこの公衆電話ですか？」

言葉を交わしていない間、ずっと考えていたのかもしれない。

「新宿」とぼくは答えた。「新宿のマイシティ側って言うのかな、あの辺は」と。

「二ヶ月くらい前……、新宿ですか……」

そう呟《つぶや》きながら、彼女がドアを開けようとする。未《いま》だに自分でもなぜ、この瞬間に、あんなことを言ったのか分からない。敢《あ》えて言えば、日曜日の午後、あと少しだけ、誰かと一緒にいたかった……、あと少しだけ、誰かと一緒にドライブを続けたかった、だけかもしれない。

「外で、空くの、待ってたんだ」とぼくは言った。「神野さんの電話が終わるのを、電話ボックスの前で待ってたんだ」と。

「え、そうなんですか」と彼女は言った。

「そう。けっこう長電話だったから」

「……あの、私、どんなこと話してました？」

「それはよく聞こえなかったけど、ただ……」

「ただ？」

「いや、ほんとによく聞こえなかった」

ぼくは首をふった。彼女は開けようとしていたドアを開けなかった。


その夜、神野さんはぼくのアパートに来た。

もちろん脅したわけではない。いや、脅さなかったから、彼女はぼくのアパートに来るしかなかったのかもしれない。こちらが何を知っているのか、自分が脅される可能性があるのかを確かめる必要があったために。

散らかったぼくの部屋を見て、「うわぁ、男の一人暮らしって感じですねぇ」と、無理に明るく振舞っていた。

ぼくは神野さんを待たせてシャワーを浴びると、近所のレッドロブスターに連れて行った。お互いに電話ボックスの話はしなかった。電話ボックスの話さえしなければ、会社で知り合った男と女が、初めてのデートを楽しんでいるだけだった。彼女は会社に入ってからの失敗談を話し、ぼくはそれを聞いてずっと笑っていた。

気がつくと、三時間も経っていた。それまでのデートでも、こんなに時間が早く過ぎたことはなかった。

レストランを出ると、「ちょっと、うちに寄ってかない？」とぼくは訊《き》いた。

正直なところ、このデートがどんな言葉で始まったのかさえ忘れてしまうくらいに、レストランでの彼女との話は弾んでいたのだ。ただ、「え、ええ。別にいいですけど……」と呟いて、一瞬、表情を変えた彼女を見て、すぐにそのことを思い知らされた。

脅してもいないのに、まるで脅されているような目だった。脅すつもりもなかったのに、もう脅してしまったような気がした。もう脅してしまったのであれば、今さら素知らぬ顔で別れることもできなかった。一度、脅迫電話をかけた犯人は、目的を達成するか、失敗するかしなければ、ずっと脅迫犯のままなのだ。

「もし、寄ってくれたら、会社の誰にも言わないよ」とぼくは言った。

初めから、誰にも言う気などなかったのに。

「本当ですか？」と彼女は険しい目で訊いてきた。

「約束する」とぼくは答えた。


彼女が会社を辞めたのは、それから二週間後のことだった。

その夜以来、ぼくは彼女と会わないようになるべく総務部には行かなかったし、たまに営業部にやってくる彼女も、用が済むと、まるで逃げるように姿を消した。

彼女が辞めたという話は、笹木から聞かされた。あまりにもとつぜんだったので、総務課長などはかなり怒っているらしかったが、同じ課の女子社員たちの間では結婚が近いという噂もあった。

あの晩、レストランからの帰り道、彼女はまったく口を開かなかった。部屋に入って、ぼくは立ったまま、その体を抱いた。彼女はぼくに抱かれながらも、慣れた手つきで服を脱いだ。

「俺、神谷さんのこと、脅したんだよな？」とぼくが言うと、「脅されるようなこと、私がしちゃったのよ」と、彼女は何かをふっきるように答えた。

隣の部屋からずっとテレビの音が聞こえていた。何を見ているのか、浪人生らしい隣の男が、ガハハ、ガハハ、と声まで上げて笑っていた。洋服を着る彼女に、「送ってくよ」とぼくは言った。断られるかと思ったが、彼女は何も答えなかった。

車を出すほどの距離でもなくて、二人で何も話さずに夜道を歩いた。

環状線まで出たところで、有名なラーメン屋があり、その夜も大勢の客たちが行列を作って待っていた。

「並んでまでラーメン食べたいと思う？」

彼女がぽつりとそう言った。

ぼくが何も答えないでいると、「私ね、列運がないの」と彼女が笑う。

「列運？」とぼくは訊いた。

「そう。列運。私が並ぶと、銀行でも駅でも、たちまちその列だけ動かなくなるの」と彼女は言った。

ちょうどそこが、最初に彼女が車を止めてくれと言った場所だった。

「ここでいいから」と彼女が言うので、「分かった」と、ぼくも素直にそこから見送った。

彼女の背中が夜道に消えて、ぼくは歩いてきた道のほうに体を向けた。数メートル先がラーメン屋の行列の最後尾だった。お互いにヘルメットを抱えたカップルが寒そうに背中を丸めて立っている。

腹が減っていたわけでもないのに、気がつくと、ぼくはその最後尾に並んでいた。並んでまでラーメンなんか食いたくない、と思いながら。

十一人目の女

その日は彼の二十九回目の誕生日だった。

午後四時すぎ、彼は田町《たまち》駅構内にある古い喫茶店に入った。店は混んでおり、一番奥のテーブルに着いた彼は、生ビールとナポリタン・スパゲティを注文したという。給仕したのはバイト初日のウェイトレスで、ナポリタンを運んだときに、ついうっかりとフォークを出し忘れてしまったらしい。

彼女がそれに気がついたのは、先輩ウェイトレスに各テーブルの水を交換してくるようにと言われたときで、彼の元へナポリタンを届けてからすでに十分以上が経っていた。

テーブルの数歩手前で、彼女はさっき自分が運んだナポリタンを、彼が一口も食べていないことに気づいた。生ビールのほうはすでになくなり、グラスには白い泡だけが残っている。

彼女は彼のグラスに水を注いだ。そのとき、なにやら彼が呟《つぶや》いた。

一瞬、何を呟いたのか聞き取れず、「はい？」と彼女が訊《き》き返すと、

「……フォーク」と彼が低い声で言う。

彼女はすぐに自分の失敗に気づき、「あ、すいません」と慌てて答えた。そして、そう答えた瞬間に、彼が十分以上もそれをただじっと待っていたことに気づき、思わず背筋がゾクッとした。彼は一度も彼女のほうを見なかった。ただ、テーブルに置いてあるシュガーポット

をじっと見つめたままだった。

彼女が慌ててフォークを持っていくと、彼は冷え切ったスパゲティをゆっくりと食べ始めた。もう何度も謝っていたので、改めて謝罪に行くわけにもいかなかったが、レジ脇からそんな彼を見ていると、もう一度くらい謝りに行ったほうがいいのではないかとさえ思えた。彼はナポリタンを三分ほどで食べ終えた。食べているというよりも、口に入れているように見えた。

彼は五時少し前に喫茶店を出て行った。ほかの客から注文を取っていた彼女は、店のガラス越しに、改札のほうへ歩いていく彼の背中を見送った。きちんと背広は着ているが、着慣れているようには見えなかった。

注文を取り終えて、彼女がテーブルを片付けた。濡《ぬ》れたテーブルに就職情報誌の切り抜きがあり、赤いペンで「面接　15時」と書いてあった。

この日、彼は「栄《さかえ》食品」という小さな会社の面接を受けている。田町にある（主にワカメやこんにゃくを原料にした）ダイエット食品を扱う社員三名の会社だった。

彼を面接したのは、以前は恵比寿《えびす》で小さなキャバレーを経営していた社長だった。この日、彼のほかに二名の面接希望者がおり、彼が最後の一人だった。前の二人が年齢的に少し厳しかったので、社長は最後の一人である彼に期待していた。

社長は彼が持参した履歴書を見て、「あれ、今日、誕生日じゃないか？」と言った。あまりにも彼が緊張しているように見えたので、少しほぐしてやろうと思っていたのだが、彼は、「あ、そうか、すいません。年齢は二十九の間違いです」と謝ったらしい。たしかに履歴書には二十八歳と記入されていた。

「せっかくの誕生日に、職探しか」

社長は冗談半分にそう言った。少しは笑顔を見せるかとも思ったが、彼はただ、「……はい」と肯《うなず》いただけだった。

履歴書の職歴には、聞いたこともないような会社の名前が三つほどあった。経験上、履歴書に三つということは、実際にはその倍くらいは職を変えているのだろうと社長は思ったという。

形式的な面接を済ませると、「もし採用となった場合、いつから来られる？」と社長は訊いた。彼はちょっと驚いたような顔で、「いつからでも、大丈夫です」と答えたらしい。

この日を含めて五日間、毎日三、四人の希望者を面接してきたが、これと思える人材には出会えなかった。優良企業というわけでもない零細な会社に、そんなに良い人材が来るわけもないかと、心のどこかで諦《あきら》めかけているころでもあった。

田町駅の喫茶店を出た彼は、山手線《やまのて》、中央線と乗り換えて荻窪駅《おぎくぼ》で下車し、駅前にあるレンタルビデオ店で『カップルズ』と『牯嶺街《クーリンチエ》少年殺人事件』という共にエドワード・ヤン監督の映画を借りており、この貸し出し時刻が六時七分、田町駅から荻窪駅までの距離を考えると、ほとんど迷わずにこの二本を借りていることが分かる。また、この二本は以前にも借りられていることが分かった。『カップルズ』は一回、『牯嶺街少年殺人事件』にいたっては、彼が荻窪に暮らしていた半年の間に三回も借りられており、この日が四回目の貸し出しとなっている。

簡単に内容を説明すれば、『カップルズ』のほうは現代台北《タイペイ》の若者たちの焦燥感を、斬新《ざんしん》な映像と会話で表現した青春映画、そしてもう一本の『牯嶺街少年殺人事件』のほうは、一九六〇年代に台北で実際に起こった十四歳の少年による、十四歳の少女殺人を題材にした四時間にも及ぶ青春叙事詩。

彼が暮らすアパートは、荻窪駅の南口から徒歩十五分の場所にある。

駅前の通りは多少にぎやかだが、環状八号線を西側に渡ってしまうと、敷地の広い家が立ち並ぶ高級住宅街となり、コンビニはおろか自動販売機もほとんどなくなる。

その高級住宅地の中に、彼の暮らすアパートがぽつんとある。元は隣接する元タレントで参議院議員でもあった男性の土地だったのだが、彼の死後、相続税として物納され、すぐに大手不動産業者が購入して、ワンルームアパートが建てられている。

彼はその最初の入居者として、半年ほど前に池袋から引っ越してきている。105号室。契約は彼一人の名義になっているが、実際には最初から裕美子《ゆみこ》と同棲《どうせい》していたらしい。

彼が暮らす105号室は公道から一番奥へ入った場所にあり、隣の

104号室には都内の大学に通う二十一歳の女性が暮らしている。彼女の話によれば、特に問題のある隣人ではなかったらしい。ただ、ここ最近、窓を開けていると、たまに裕美子の怒鳴り声が聞こえてくることがあったらしい。「いい加減にしてよ！」「そんなの無理に決まってんじゃない！」たいていは何を言っているのか聞き取れなかったらしいが、この二つの科白《せりふ》だけははっきり聞こえたことがあるという。口論になると、彼のほうがすぐに部屋を出て行くらしかった。出て行ったドアに、裕美子が何か投げつけていたこともあったという。

玄関先で何度か挨拶《あいさつ》くらいはしたことがあったが、彼とも裕美子とも、まったく話をしたことはないらしい。彼女としては、どちらかというと逆隣の103号室に一人で暮らしている男（一日中、カーテンを閉め切っている、引きこもり気味な学生）のほうが不気味で、もし何かあったときは105号室の彼や裕美子のところへ駆け込もうとさえ思っていたという。

この日、彼女が原宿《はらじゅく》のバイト先から戻ったのは、七時を少し廻《まわ》ったころだった。すでに日は落ちており、玄関ドアを開けるとき、隣の105号室に明かりがついているのが見えた。部屋に入ってベランダのサッシ戸を開けると、薄い仕切りの向こうで洗濯機が廻っていたという。

その後、彼女は友達に呼び出され、渋谷へ食事に出かけている。渋谷の「シノワ」というフランス料理店で食事をしたあと、帰宅したのが午後十一時半、そのときすでにアパートの前にはパトカーや救急車が止まっており、かなりの野次馬たちがいて、回転するいくつもの赤いライトで、見慣れた薄暗い通りや野次馬たちの横顔が、まるで燃えているように見えたらしい。

この日、裕美子は午後五時ごろ、新宿の喫茶店でIという男と会っている。大久保《おおくぼ》にある病院で看護師をしている裕美子は、夜勤明けでこの日の朝六時すぎに戻り、数時間の仮眠のあと、面接へ出かける彼を送り出し、それから一時間後、Iと会うためにアパートを出ている。午後五時ごろといえば、ちょうど田町駅の喫茶店で、彼が冷めたナポリタンを見つめていたのと同時刻だ。

製薬会社に勤めるIと裕美子とは、勤務する病院で知り合ったらしい。まだ何度かデートをしたことがあるくらいで、肉体関係には及んでいない。もちろんIは何度となく誘っているのだが、「先にきちんとしないと、そういう関係にはなれない」と裕美子は頑《かたく》なに拒んでいたらしい。ただ、この日、新宿の喫茶店で会った裕美子は、「今夜、きちんと相手に話す」とIに告げたという。Iが、「じゃあ、今夜、電話待ってる」と言うと、「もし、会えるなら、今夜会いたい」と裕美子は言ったらしい。

午後七時ごろ、先に喫茶店を出た裕美子は、駅へ向かう途中で、千葉の鴨川《かもがわ》に暮らす母親の携帯に電話を入れている。このとき母親はちょうどスーパーへ向かう車を運転中で、呼び出し音に気づかなかった。母親が娘からの電話に気づいたのは、その日の午後九時半ごろ、すでに夫との食事を済ませ、札幌にいる姉に法事のことで相談しようと携帯を取り出したときだった。

「もしもし、お母さん。これ、聞いたら電話して」

留守電にはそう入っていたという。特に、ふだんと変わっている声でもなかったし、週に二、三度は連絡を入れてくる娘だったので、急な用事があるとも思えなかったが、とりあえず娘の携帯に連絡は入れた。ただ、呼び出し音はすぐに留守録のメッセージに変わってしまった。

「また、明日かけるから」

母親はそれだけ残して電話を切った。

この直後、裕美子の携帯にはＩからの留守電も入ることになる。新宿の喫茶店で裕美子と別れたIは、いったん御《お》茶《ちゃ》ノ水《みず》にある会社へ戻り、そこでRという別の女性から「今夜ヒマ？」というメールを受ける。そこでIはすぐに裕美子に電話を入れ、「今日、残業で遅くなりそうだから会えなくなった。本当にごめん」という短いメッセージを残したのだ。

Iには裕美子のほかに、たまに会ってはセックスをするような女性が二人いた。一人が大学の同級生だったR。もう一人が同じ会社の受付で働いているJ。もちろん裕美子には話していない。

この日、裕美子がアパートに戻ったのは、午後八時すぎだった。新宿から荻窪まで電車で戻り、駅ビルになっているルミネの地下食料品売り場に向かいながら、「もう何か食べた？」と彼に連絡を入れている。このとき、彼はすでに田町の喫茶店でナポリタンを食べているはずだったが、「いや、何も食べていない。駅にいるんだったら、ルミネの地下でトンカツ弁当を買ってきてくれ」と裕美子に頼んだという。

裕美子は「ヒレカツ弁当」を二つ買ってアパートへ戻る。途中、環状八号線手前のコンビニに寄り、現金三万円を下ろしている。

環状八号線を越えて、さらに十分ほど歩くと、彼らが暮らすアパートがある。ここへ引っ越してくる以前、裕美子は看護学校の同級生でもあった同僚と、代々木上原《よよぎうえはら》で共同生活を送っていた。2DKの決して広いとは言えない間取りだったが、お互いに時間が不規則な者同士、家事を分担し、休みの日には他の友人たちを招いて食事を振舞うなど、質素ではあるがにぎやかな生活を送っていた。

裕美子が彼と出会ったのは、運転免許証の更新に行った新宿警察署だった。たまたま発行を待つ間のベンチで隣り合わせ、手続き書類の記入漏れで受付の女性に冷たい態度をとられた裕美子に、「あんな言い方しなくてもねぇ」と、彼が笑いかけたのがきっかけだった。

もちろんその場ですぐに話が弾んだわけではない。ただ、裕美子が新しい免許証を受け取って、警察署の外へ出ると、ガードレールに腰掛けた彼が待っていた。

「迷惑だったら、ここで見送りますから」と、彼は開口一番にそう言った。

「え？」と裕美子が首をかしげると、「もし迷惑じゃなかったら、一緒に駅まで歩きましょうよ。決して怪しいもんじゃないですから」と笑いながら、彼が更新されたばかりの免許証を見せる。

新宿駅まで、たかだか十分程度の距離だった。裕美子は目の前で微笑んでいる彼を見た。顔ではなくて、その目が微笑んでいるようだった。

裕美子には人を「明るいオーラ」と「暗いオーラ」で区別する癖があった。もちろんオーラなど目に見えるものではないから、厳密に区別する基準があるわけではないのだが、なぜか裕美子には、その人が明るいオーラの持ち主なのか、それとも暗いオーラの持ち主なのか、少し一緒にいるだけで分かった。

「たとえば、笑い方なんかだと、ほら、とつぜん大声で笑い出す人っているじゃない。とっても可笑《おか》しそうに大声で笑ってるんだけど、ああいう人って暗いオーラを感じるのよね。考え方がネガティブとかポジティブとかそういうんじゃなくて、みんなに応援されそうな人と、誰からも応援してもらえなそうな人、とでも言うのかなぁ。明るいオーラってその人自体が明るく見えるんじゃなくて、その人の周囲が明るいのよ。で、逆に暗いオーラを感じる人っていうのは、その人自身が明るくて、だから逆に周りが暗く見えるというか……」

以前、一緒に暮らしていた同僚に、裕美子はこんな風に語ったことがあるという。

警察署から新宿駅までの十分程度で、二人の間でどんな会話がなされたのかは分からない。ただ、裕美子が当時この同僚と暮らしていたアパートに彼を連れてきたのは、それから一ヶ月も経たないころで、このころにはすでに、彼がというよりも、裕美子のほうが彼に惚《ほ》れ切っているように見えたという。

それから数日後、裕美子が病院を無断欠勤する。これまで一度もそういうことがなかったので、同僚が心配して裕美子の携帯に連絡を入れると、「私、クビになっちゃうかなぁ」などと、まるで他人事《ひとごと》のように答えたらしい。

裕美子が彼の部屋にいることは明らかだった。もちろん電話に出たわけではないが、裕美子のそばには彼がおり、電話中の裕美子のからだに触れているような気配さえあった。後日、同僚が裕美子に問いただすと、「彼が今日は休めって言うんだもん」と、どこか嬉《うれ》しそうに、困った顔をしたという。

ただ、裕美子が無断欠勤したのはこのとき限りで、以後、一度も仕事を休んだことはないらしい。彼と付き合い出してからは、ほとんど代々木上原のアパートではなく、池袋にあるらしい彼のアパートで暮らしていたので、「彼と暮らしたいの」と裕美子が言い出したときも、それほど驚くことはなかった。

ただ、そのころから目に見えて裕美子の雰囲気が変わってきたと、この同僚は話す。

「以前はどちらかと言うと真面目なほうで、もちろん私たちとふざけたりすることはあったんですけど、なんていうか、男の人の前だと自分が出せないっていうか、こんなこと言うのもあれなんですけど、たまに他の友達なんかと話してると、『裕美子がいると、なんか盛り上がれないんだよね』なんて……、もちろん悪気があったわけじゃなくて、でも、たしかに男の人たちなんかと一緒に飲む機会があって、そこに裕美子がいるといないとじゃ、本当に場の雰囲気が違ってて……。裕美子って、そういうとき、その場にいないっていうか、別に監視されてるってわけでもないんですけど……、なんていうか、たとえば私なんかがちょっとふざけて男の人に甘えたりすると、ちょっと離れたところから見てる裕美子に、『へぇ、あなたってそういうことする女だったんだぁ』なんて思われてるような感じで、いや、もちろん裕美子が実際にそう思ってるかどうかは分からないんですけど、……いや、でも、みんなそういう風に感じてるって言ってたわけだから、やっぱりそういうところがなかったわけじゃないんですけど……とにかく、そんな感じだったのが、彼と付き合い始めて、一緒に暮らすようになってから、なんていえばいいのか分からないんですけど、そういうところがなくなったっていうか、逆に、病院の先生や出入りの業者さんなんかに露骨に甘えた声なんか出したりするようになって、以前はどちらかというと、男だろうが女だろうが関係ないって言ってたような人だったのに、ちょっときつい仕事なんかが続くと、『女なんだから、無理だよぉ』なんて平気で言うようになってて……、なんていうか、ずっと着てた重いコートを一枚脱いだっていうか……、だから出入りの製薬会社のIさんとたまに食事してるって聞かされたときには、もちろん驚きはしたんですけど、どちらかというと、『ああ、そうなんだ』って感じで、なんていうか、これまでずっと褒められずにきた子供が、急に大人にチヤホヤされて舞い上がってるみたいな感じで、ここで『やめなよ』なんて言ったところでやめるはずもないしと思ったし、正直に言うと、彼と付き合い出してから、裕美子、やっぱり奇麗になってて、どこか嫉妬《しっと》しているところが私にもあって、ちょうど彼が無職になったって話を聞いてたりしたもんだから、『選ぶのは裕美子のほうなんだから』なんて、ちょっとけしかけたりしたこともあったりして……」

駅ビルのルミネで買ったヒレカツ弁当を二つ提げ、裕美子は午後八時すぎ、彼が待つアパートへ戻った。

二人が半年間暮らしたアパートは六畳のワンルーム、そこから梯子《はしご》を上ったところに布団が一枚敷ける程度のロフトがついている。

このロフトから撮られた一枚の写真がある。見下ろされた六畳間には、白い小さな座卓があり、その周囲に派手なクッションが散らばっている。カップルの部屋というよりは、彼女の部屋で男が暮らし始めたように見える。この狭い空間で、二人は半年もの時間を共有した。どちらかがごろんと横になっていれば、必ずそれを跨《また》いで通らなければならないほど狭い。

警察に通報があったのは、午後十時ごろだった。かけてきたのは、九州で暮らす彼の父親で、「息子がなんかやったらしい。すぐ○○という場所に行ってほしい」と、どちらかと言えば落ち着いた口調だったという。

近所の派出所から警官がアパートに駆けつけたとき、彼はなぜか携帯電話を握り締めて玄関先に立っていたという。警官が、「そこで何してる？」と少し離れた場所から声をかけると、「……すいません」と彼は小声で謝り、「……中に、中にいます」と答えたらしい。

１０４号室に暮らす女子大生が、渋谷のレストランから戻ってくる一時間半ほど前、裕美子と会う約束をしていたＩが、それをキャンセルしようと留守電にメッセージを入れた五分後の出来事だ。

彼は某記者のインタビューの中で、ある質問にこんな風に答えている。

「裕美子さんがあなたと別れたいと言い出したので首を絞めたのですか？」

「……自分と別れたいと言ったから首を絞めたわけではなくて、自分と別れたい理由が分からなかったから、それをいくら問いただしても答えられなかったので、私は裕美子の首を絞めたのだと思います」

「男と女の間では、そんなことはいくらでもあると思われるが、あなたには今までにそんな経験がなかったのですか？」

「……分かりません」

「あなたは、恋愛経験が豊富なほうだと思いますか？」

「……普通、だと思います」

「普通というのは、あなたにとってどの程度のものなのですか？」

「……少なくもなく、多くもない程度です」

「あなたは女性を束縛することで愛を確かめることがありましたか？」

「……ない、と思います」

「では、質問を変えて、あなたは女性との付き合いが苦手なほうでしたか？」

「……普通、だと思います。自分では、女の愛し方も知っていると思いますし、愛され方も知っているような気がします。ただ、いくら知っていても、これまでうまくいったことがありません」

「それは知らないということではないですか？」

「いいえ、知っていると思います」

「しかし、本当に知っていれば、うまくいくのではないですか？」

「いいえ……」

彼はここでしばらく黙り込み、「……分かりません」と小声で答えた。

「ちゃんと考えてみて下さい」と記者が詰め寄ると、彼は、「……はい、すいません」と謝り、それきり、ついに次の言葉は出てこなかった。

彼と裕美子が暮らしたアパートは、すでに次の借り手が見つかっている。もちろん不動産屋の口から事件のことは通知されたが、家賃を下げてもらうという約束で、二十四歳のフリーター男性が契約した。

事件後、彼らの暮らしていた部屋のベランダに置かれた洗濯機には、脱水をかけられたままの洗濯物が残されていたという。二人の濡れた衣類が、くちゃくちゃに絡み合って放置されていたという。

夢の女

大学のころ、あまりにも暇をもてあまし、尾形《おがた》という友達とヘンな遊びをしたことがある。たしかなかなか現れないもう一人の友人を、駅前広場で待っていたときで、そうとう待ちくたびれていたのだと思う。

駅から出てくるはずの友人を待っているのだから、自然とぼくらの視線も駅の改札口のほうに向かう。

「次の電車で来なかったら、もう行こうぜ」

どこへ行くつもりだったのかは覚えていないが、一緒に待っていた尾形がそう言った。

「そうだな」と、ぼくも未練もなく簡単に答えた。

時間は六時を過ぎたころだった。駅前に今は名前を変えた三和《さんわ》銀行があり、そこの柱時計をイライラしながら見ていた記憶がある。

駅前広場からは駅に滑り込んでくる電車が見えた。五分おきにやってくるどの電車も勤め帰りの乗客たちでいっぱいで、ほどなく改札からの階段を一人、二人と乗客たちが上がってくる。

ずいぶん待たされたせいもあって、階段を上がってくるかなりの乗客たちを見て、「この街って、こういう人たちが住んでんだな」と、思わず呟《つぶや》いたほどだ。ただ、尾形のほうは女ばかりを見ていたようで、「この駅って、ちょっとレベル低くないか」などと笑っていた。

待ち始めて何台目の電車だったか、改札からの階段を上がってくる乗客の中に、遠目に見ても、「ん?」とこちらの目を見張らせるような美人がいた。やはり勤め帰りらしく、からだにぴったりとしたスーツを着て、階段を上りきると空模様でも確かめるように、駅前の狭い空を仰いだ。

「今までで一番いい女だよな」と尾形が言った。見とれていたので返事はしなかったが、尾形の意見には賛成だった。

「この辺に住んでんのかな?」と尾形が呟く。

その瞬間、ふとそれが知りたくなった。

「なぁ、どうせもうあいつは来ないだろうし、ちょっとあの女のあとつけてみようぜ」

言い方が軽かったせいもある。ぼくの誘いに、尾形は腰掛けていたガードレールからひょいと立ち上がった。

「でも、これって犯罪じゃねえ？」

駅前広場を出ながら尾形が言う。

「なんで？　美人のあとをつけちゃいけないって法律あるか？」

「さぁ、知らないけど、もしあの女が自宅に戻ったらどうするよ？　俺ら、それを調べたことにならないか？」

「なるな……」

口ではそう答えたのだが、足が止まることはなく、改札からの階段を出て、踏み切りのほうへ歩いていく女の背中が近づいてくる。

「どんな家に住んでると思う？」

踏み切りで立ち止まった女から、三メートルほど離れたところに立って、ぼくは尾形にそう訊《き》いた。

「俺、一人暮らしだと思うな」と尾形が答える。

「俺も、俺もそう思うんだよ」

想像が一致していたことで、この行為が犯罪かどうかという話は消え去っていた。

「アパート、マンション、どっちだと思う？」と尾形が訊いてくるので、「マンションで、たぶんオートロックがあるな」とぼくは即答し、「じゃあ、このまままっすぐ帰るか、それともどこかへ寄るか？」と尋ね返した。

尾形がしばらく悩んだあと、「コンビニぐらい寄るんじゃねぇ」と言い、あとは二人同時に、「一人暮らしだもんな」と声を揃えた。

ぼくらの予感は的中した。女は踏み切りを渡ると、商店街にあるファミリーマートに入ったのだ。

一緒に入ろうとする尾形の腕を、ぼくは慌てて摑《つか》んだ。「中に入ったら、じっくり顔が見られないだろ」と言うと、「へへへ」といやな笑い方をした尾形が、「なんか、おまえマジで犯罪者チックになってねぇ？」と茶化す。

店の外からだと、女の顔がはっきりと見えた。コンビニの明るすぎる蛍光灯のせいで、多少老けて見えたが、レジにいた店員が思わず目で追ってしまうくらいの女だった。

女はまず雑誌コーナーで住宅情報誌を立ち読みした。

「引っ越したいのかな？」と、隣で尾形が呟くので、「そうみたいだな」と、つい寂しげな声で答えてしまった。

雑誌を戻すと、女は店の奥でアイスクリームを選んでいるようだった。二つ三つ手にとって、他には何も買わずにレジに向かう。店の中とはいえ、とつぜんこちらに近づいてきたものだから、ぼくらは思わずお互いの足を踏むほど慌てて、店先から遠ざかった。

アイスクリームの入ったビニール袋を提げて、女はコンビニから出てくると、ぼくらに目をくれることもなく、すたすたとバス通りを歩き出した。

「この辺まで来ると、お屋敷ばっかりなんだな」

女から十メートルほど離れて歩きながら、尾形がふとそう言った。

言われてみればたしかに道の両脇には、大きな門構えの家が目立つ。

「実は、大金持ちのお嬢様だったりしてな」とぼくは笑った。

自分のアパートから見れば、こちらは駅の反対側、ほとんど足を踏み入れない地域だった。ただ、この先に古い銭湯があり、たまに部屋のユニットバスにうんざりすると来ることがある。

女はまったくぼくらの気配に気づいていないようだった。高めのヒールを履いているので、コッコッ、カツカツとその足音が響く。女は意識的なのか無意識なのか、白線の上をまっすぐに歩いた。最初は気づかなかったのだが、一度目に付くと気になるもので、それからはまるで綱渡りでもするように白線の上だけを歩く女の足元が、妙に危なっかしく見えて仕方なかった。

女がふっと白線を降りたのは、ぼくがたまに通う古い銭湯の少し手前だった。とつぜん角度を変えるので、ぼくは思わず足を止め、その背中に尾形がぶつかった。

「入った……」

思わず出た言葉だった。いつか女の家に着くのだろうとは思っていたが、実際になんの躊躇《ちゅうちょ》もなく女が右折すると、見てはいけないものを目の当たりにしたような、どこか淫猥《いんわい》な気持ちになった。

女の姿が道から消えると、ぼくらは足早に駆け寄った。女が入ったところは、ぼくらの予想に反して、オートロック付きのマンションではなく、誰でも玄関先まで入っていけるような、古いアパートが何度もリフォームされて、取り返しがつかなくなったような、整形に失敗した女の顔のような、とにかく女の外見とは似ても似つかない木造モルタルのアパートだった。

アパート前にすでに女の姿はなかった。この数秒で女が階段を上がれるはずもなく、一階に暮らしていることは分かったが、どの部屋のドアも押し黙ったように閉まっている。その瞬間、一番手前にある玄関脇の小窓に明かりがついた。

「あ、ここだ……」

思わず声を漏らしたのは尾形のほうで、その窓はほとんどぼくらの目の前にあった。ぼくらは慌ててアパートの敷地から飛び出した。もし誰かが見ていたら、空き巣だと勘違いされたに違いない。

「俺、あのアパート知ってるよ。銭湯に行くとき、何度か通ってるし、通るたびに不恰好《ぶかっこう》なアパートだなって思ってたし……。あの窓だって、なんか記憶に残ってるし……」

駅へ戻りながら、ぼくは尾形にそう言った。妙なもので、女の住処《すみか》にたどり着いたことで、お互いにさっきまでの興奮はすっかりさめていた。


それからしばらく経って、ぼくは女と偶然再会した。

たしか、当時バイトしていた歌舞伎町《かぶきちょう》のバーからの帰りで、いつも終電ぎりぎりになるため、新宿駅に駆け込んで、発車間際の電車に乗ったのだが、その飛び乗った車輛《しゃりょう》に女が乗っていたのだ。

最初は気がつかなかった。たまたまつり革が空いていたので、ほかの乗客たちの間を縫って、連結部近くまで移動した。つり革を握ると、目の前、というか、目の下に、すっと鼻筋の通った女の顔があった。ただ、そのときはまだあの女だとは気づかなかった。女の顔をまじまじと真上から見られるのは、きっと電車の中だけだと思う。しばらくぼんやりと見ていると、電車が動き出した。それでも気づかなかった。気づいたのは、各駅ごとに乗客が降り、車内もだんだんと空《す》いてきて、まるで彼女のパンプスの先につけるように立っていた自分のからだを、少し離したころだった。

ほとんど真上からしか見えなかった女の顔が、斜め四十五度の角度から見えた。間違いなく、ぼくらがあとをつけたあの女だった。

女はずっと目を閉じていた。寝ているのではなく、ただ目を閉じていた。混んだ車内を見たくない、というのではなく、目を閉じれば別の何かが見えるのだ、とでも言いたげに、口の端に微笑みを浮かべてさえいた。

降りる駅が近づくと、女は一度自分のバッグを開け、何を取り出すともなく、そのまま閉めた。つり革を握って立っているので、その中身が一瞬見える。

立ち上がる女の邪魔をするように、ぼくはその場を動かなかった。動かなかったら、女がぼくのほうを見ると思った。

「すいません……」

女は小声でそう言った。が、視線は足元に向けられたままだった。

少しだけからだを反らして、立ち上がった女を通らせた。女の肘《ひじ》が、ぼくの腹にちょっとだけ触れた。

電車が止まると、ぼくは女の真後ろに立った。ガラス窓に俯《うつむ》いた女の顔がある。ドアが開き、女が降りる。その足跡を踏むように、ぼくが続く。

今考えてみても、どうしてあんな勇気が出たのか分からない。電車を降りると、ぼくはホームを歩く女の背中に、「あの、すいません」と声をかけたのだ。その先を歩いていた中年の男も振り返ったくらいなので、小声ではなかったはずだ。

中年男からワンテンポ遅れて、女が振り返った。自分が呼ばれたのかどうか、判断できずにいる顔で、自分が何か落としたのかもしれないと思ったらしく、足元に目をやった。

電車はまだ止まっていた。つり革を握った乗客たちが、何が始まるのかと見ているのが分かった。

「あの」

足元を見ている女に、ぼくは改めて声をかけた。やっとぼくのほうへ目を向けた女が、「何か?」とでも言うように首を傾げる。

「あの、ナンパとかじゃなくて、なんていうか、今、声をかけないと後悔するっていうか、あの、ずっと電車の中で前に立ってて、ずっと声かけたいと思ってて……。あ、いえ、ついて降りたわけじゃなくて、俺もこの駅を使ってるんで降りただけで……、あ、でも、別に怪しいもんじゃなくて……、あの、学生証とか免許証とかあるし……」

自分でも何を言いたいのか分からなかったが、たぶんぼくの一言一言に変わる女の表情に、必死に答えていたのだと思う。

その辺りで電車のドアが閉まり、ゆっくりとホームから走り出した。ぼくが声をかけたことを知っている顔は、すぐに遠ざかり、そのあとをそんなことなど何も知らない無関心な乗客たちの顔が流れていく。

電車が行ってしまうまで、彼女はじっとぼくを見ていた。何も言わずに立ち去るかとも思ったが、意外にも彼女の顔には笑みが浮かんでおり、「君、学生なんだ？」と、ちょっと馬鹿にしたように微笑みかけてくる。

「あ、はい」とぼくは肯《うなず》き、実際、馬鹿みたいに大学の名前と学部を告げた。

「こんな風に声かけられたの初めて」と彼女は言った。戸惑っているというよりも、少し呆《あき》れているようだった。

「あの、なんていうか、こんなこと言っても信じてもらえないと思うけど……」

そう言いながら、必死で声をかけた理由を考えた。奇麗だったからと素直に言えばいいのだが、それでは明らかに不審がられるだろうし、かといって、前にあなたをつけたことがあって、などと言えるわけもない。

「信じてもらえないと思うけど、電車の中で見かけたとき、誰かに似てると思ってて、降りる瞬間にそれを思い出して、あの、ほんとに馬鹿みたいな話なんだけど、いつも夢に出てくる女の人に、あなたがあまりにも似てて……」

とっさに出てきた嘘がこれだった。正直、終わったな、と思った。ホームにはもう誰もいなかった。ただ、線路を挟んだ向こう側に若い男が一人立っていたが、こちらには興味がなさそうだった。

「それ、ほんと？」と女は言った。

立ち去るとばかり思っていたので、正直、少し驚いた。

一瞬、どっちにしようかと悩み、「……すいません、嘘です」と素直に謝った。すると女が、フフッと声を上げ、「だよね」と笑い出したのだ。

緊張の糸が切れるときというのは、本当に頭の中でプツンと音がするらしい。「すいません」と、ぼくはもう一度謝った。

「あの、もしよかったら、その辺でお茶でも飲んでもらえませんんか？」

緊張がとけて、少し馴《な》れ馴《な》れしくそう訊くと、「ごめん」と今度は女が謝る。

「ですよね」と、今度はぼくが笑う番だった。「普通、行きませんよね」と。

このとき、ぼくはかなり落ち込んで見えたのだと思う。次の瞬間、「この辺に住んでるの？」と女が訊いてきた。

「あ、はい」とぼくは慌てて答えた。

「じゃあ、またどこかで会えるかもね」と女は言った。

ふと、女が暮らすアパートが目に浮かんだ。

「ごめん。私、行くね」

女はそう言った。そう言って、ちょっとだけ腕を上げ、腰の辺りで手をふった。そのまま見送るべきなのか、あとをついていくべきなのか分からなかった。ただ、駅に改札は一つしかない。

仕方なく、女の数歩あとをついて歩いた。改札を出るときに女がちらっと振り返り、「どっち？」と左右の通路を見た。ぼくは正直に西口のほうを指差した。

彼女はぼくが改札から出てくるのを待って、「私はこっち」と東口のほうへ目を向けた。

「あの、またどっかで会ってもらえませんか？」とぼくは言った。

自分でもしつこいなと思いはしたが、何か言わずにはいられなかった。女が少し困った顔をする。

「あ、あの、俺、ここでバイトしてるんですけど、もしよかったら……」

ぼくは慌てて財布からバイトしているバーの名刺を出した。女は多少戸惑いながらも、その細い腕を出し、バーの名刺を受け取った。

「でも、行けるかどうか……」

「基本的に週末はほとんど入ってますから。バーボンの専門店で、小さい店だけど、そんなに高くないし、オムレツとかけっこううまいし」

ぼくの説明を聞きながら、彼女は名刺を見つめていた。

「歌舞伎町なんだ」

「あ、はい。でも、ヘンな店じゃないですから。お客さんも普通の会社員の人とか、ヘンな客は来ないし……」

「じゃあ、もし行けたら」

「友達とかと一緒に」

「うん、じゃあ、友達誘って」

「待ってますから」

「分かった。じゃあ、いつか」

「はい、いつか」

女は名刺をハンドバッグに入れた。電車の中でちらっと見えた中身が、ふと浮かぶ。

階段を上がっていく女の姿を最後まで見ていたかったが、先に踵《きびす》を返して歩き出した。女に聞こえるように、わざと足音を立てて階段を上がった。自分があとをつけていないということを、ちゃんと彼女に知らせたかった。

その週末、女はバイト先のバーに現れなかった。当たり前といえば当たり前だが、閉店後グラスを洗いながら、ちょっとだけムカッときた。

バイトしていたバーはバーボンをショットで出すカウンターだけの狭い店だったので、ドアを開けば一目で誰が入ってきたか分かる。一晩に来た客の数だけ、ため息をついていたはずだ。

その次の週も、そのまた次の週も女は来なかった。来るはずがないと思っていたことでも、こう何週も待ちわびていると、なぜ来ないのか？　と考え始める。頭では来るはずがないと分かっているのに、心では来ないはずがないと思っているのだ。

　バイト帰りに、改札を出た足が、ふらっと東口のほうへ向いたのは、待ちくたびれて一ヶ月ほど経ったころのことだった。もちろん彼女に会いにいこうと思っていたのではなく、ただ、女がいるのかどうか、確認したかっただけだ。

　駅からの道は、もちろん迷うことなく歩いた。万が一、女と出くわしたとき、銭湯へ行くのだと言い訳できるように、途中のファミリーマートでタオルと石鹸《せっけん》を買い、わざわざビニールから出して手に持った。

　女のアパートへ向かう道では、女に真似て白線の上を歩き、緊張した気分をどうにか誤魔化した。

女の部屋には明かりがついていなかった。辺りを確認し、そっと玄関先まで入ってみたが、すでに寝てしまっているのか、留守なのか、ドアの向こうからは何の音も聞こえなかった。そのとき、二階で物音がして、ぼくは慌てて逃げ出した。その拍子に持っていた石鹸を落としたが、拾う余裕もなく、駅への道を駆け戻った。

次の日もバイトが終わると、ぼくは女のアパートへ向かった。ファミリーマートで二個目の石鹸を買うことも忘れなかった。

いつの間にか、バイト先のバーに来てほしいという気持ちが、なぜ来ない？　に完全に変化していた。今となれば、どうかしていたとしか思えないのだが、女が店に来ない理由だけでも、自分は訊く権利があるとさえ思っていた。

二個目の石鹼を持ち、また白線を歩いて女のアパートへ向かった。住宅街なので、人通りはまったくない。がらんとした道に、時間を守らずに出されたゴミがぽつんと置いてある。

少し歩調をゆるめて、女のアパートの前を通り過ぎた。昨日と違い、女の部屋に明かりがついていたのだ。

いったん通り過ぎて銭湯まで行き、そこでUターンして戻った。やはり部屋には明かりがついている。ぼくはその場にしゃがみ込んで、ほどけてもいない靴ヒモを結び直した。街全体が静かなせいで、すぐそこにある女の部屋から、テレビの音が漏れてくる。左の靴ヒモを結び直して、右のヒモをほどいた辺りで、それがニュース番組らしいことが分かった。

恐る恐るだったが、しゃがんだまま顔を上げると、薄いカーテンの向こうで人影が動く。一瞬、慌ててしまい、結んでいたヒモが片結びになってしまう。その瞬間だった。部屋の中から男の笑い声がした。男の笑い声がして、その声に聞き覚えのある女の笑い声が重なった。

片結びされたヒモがほどけない。すぐそこから女と男の声がする。もちろん、こちらが怒れる筋合いのことではないのは、百も承知だった。ただ、頭ではそう分かっていても、片結びをほどこうとする指先の震えが止まらない。どうして女のあとなんかつけたんだと、そのときふと誰かの声がした。遊び半分とはいえ、どうしてあんなことをしたんだ、と。

とつぜん自分が惨《みじ》めに思えた。そう、ちょうど邸宅の建ち並ぶこの一角に、ぽつんと建っている女のアパートのように惨めに思えた。気がついたときには、石鹸を握って立っていた。そして、辺りを確かめることもせず、思い切り石鹸を投げつけた。石鹸は窓ガラスではなく、女のアパートの壁に当たった。ガツンと鈍い音がして、聞こえていた二人の笑い声が、一瞬止まった。

ぼくはすでに走り出していた。背後で乱暴に窓が開かれる音が聞こえ、「何？」とその奥から問う、あの女の声がした。

CMの女

その人に会ったのは、バイト二日目のことだった。

自由《じゆう》が丘《おか》にあった小さなカフェで、たしか「The apartment」という名前だった。店を仕切る若い店長以外に、ぼくを含め四人のバイトがいた。

バイト初日に、店長とほかのふたりのバイトには会っていた。たしか、ひとりが駒沢《こまざわ》大の三年生で、もうひとりは青山《あおやま》学院の四年生だったように思う。ふたりとも絵に描いたような、日に灼《や》けた健康的な大学生で、駒大のほうがサーフィン、青学のほうはダンスパーティーなどを企画するサークルに入っていた。

「学校どこ？」

店長に紹介されて挨拶《あいさつ》すると、すぐに青学のほうが訊《き》いてきたので、

「法政《ほうせい》です」と答えた。

「何年？」

「一年ですけど」

「一年かぁ、じゃあ、知り合いいないなぁ。三年の富田信也《とみたしんや》とか、楠木《くすき》とか知らない？　たしか経済だって言ってたけど」

矢継ぎ早に質問されて、ぼくはただ首を捻《ひね》っているしかなかった。

おそらくぼくが、自分の大学の有名人（かどうかは知らないが）を知らないことで、青学はぼくがどんな学生なのかを見定めたようだっ

た。

　ふたりの話では、もうひとりバイトがいるらしかった。「田口果林《かりん》」という名前らしく、彼らは彼女のことを、「リンちゃん」と馴《な》れ馴《な》れしく呼んでいた。

「リンちゃんには明日会えるよ。ね、店長？　リンちゃん、明日は入ってるもんね？」

　その言い方がどこか嫌らしく聞こえた。どこがどう嫌らしいのかは分からなかったが、とにかく「フン」と鼻で笑うような言い方だった。

　面接をしてくれた店長の話では、「The apartment」のオーナーは、某民放テレビ局の元プロデューサーで、主に青春ドラマを作っていたらしかった。

上京してすでに数ヶ月が経っていた。学校にも慣れたし、どっかでバイトでも始めようかと思って買った情報誌に「The apartment」のバイト募集が載っていた。喫茶店のウェイターにしては時給もよかったし、せっかく東京に出てきたのだから、一度くらいは代官山《だいかんやま》や自由が丘のような小洒落《こじゃれ》た街で働いてもみたかった。

バイトの初日は、元売れない役者だったという店長や、駒大、青学たちに、注文の取り方、水の出し方、オーダーの通し方などを教わっているうちに、あっという間に過ぎてしまった。

「な？　この店に来る客って、かわいい子が多いだろ？」

仕事の合間、駒大がたびたびそう囁《ささや》いてくるのだが、正直なところ、トレーに載せたロンググラスを倒さぬように運ぶのが大変で、そこまで気が回らないでいた。

とりあえず週に五日、五時から十一時まで、という約束だったので、翌日も五時前に店に行った。

店自体は午前中から開いているので、店内には数人の客がおり、青学がひとりで慌ただしく動き回っている。

そんな彼に軽く会釈して店の奥に入り、半畳ほどの更衣室で白いシャツに着替えようとドアを開けようとすると、「あ、今、リンちゃんが使ってるよ」と、厨房《ちゅうぼう》から店長の声がする。

「あ、すいません」と慌てて謝り、開けかけたドアを押し戻そうとすると、逆に中から誰かが強く押してくる。

「ごめん、ごめん。もう着替えたから」

そう言いながら、ドアを押し開けてきたのが、その人、田口果林だった。

「あ、彼が、さっき話した、ほら、昨日からバイトに入ってもらってる……」

店長が厨房から紹介してくれようとするのだが、厨房は厨房で忙しいらしく、最後のほうが聞こえてこない。

「えっと、柳田《やなぎだ》くんだっけ？」

先に彼女のほうからそう問われ、「あ、はい」と小さく肯《うなず》いた。

「田口です。よろしくね」

そう言いながら、ポンとぼくの肩を叩《たた》き、エプロンをつけながらホールのほうに歩いていく。背中で彼女の指がエプロンのヒモを器用に結ぶ。ぼくはその様子をじっと見ていた。少しだけ傾いた蝶結《ちようむす》びができ、その傾いた蝶を背中につけて、彼女はテラス席へと注文を取りに行った。

その晩、ぼくは田舎の親友に電話をかけたように思う。はっきりと覚えているわけではないが、訊かれもしないのに、彼女の印象を長々と彼に語ったはずだ。

彼女とは週に一、二回、シフトが同じだった。もちろん仕事の合間に世間話くらいはしていたのだろうが、記憶というのは残酷なもので、今となっては話の内容はおろか、彼女の声さえ思い出せない。ただ、不思議と、当時、彼女がつけていたエプロンの色や柄だけはしっかりと覚えていて、その背中にはいつも少しだけ傾いた蝶結びがあった。彼女の背中にとまった蝶は、彼女がホールを歩くたびにそこで揺れた。今にも飛び立ちそうにも見えたし、片方の羽をもがれて、瀕死《ひんし》の重体のようなときもあった。

あれはバイトを始めて二週間ほど経ったころだったか、テレビ局の元プロデューサーというオーナーが店にやってきた。六十代と聞いていたので、もっと老けた男性を想像していたのだが、店に現れた彼は、糊《のり》の利いたシャツを着て、その首元にはスカーフを巻いているような洒落《しゃれ》男で、「あ、そう。君が新しく入ったバイトくん？　よろしくく頼むよ」などと握手を求めてくるところなどは、それこそテレビドラマに出てくる業界人を本人が真似しているとしか思えなかった。

オーナーが帰ると、青学が近寄ってきて、「リンちゃんって、あの人に口利いてもらって今度デビューするんだよ。知ってた？……ってことは、あれだよな。やっぱり……」と嫌らしい笑みを漏らす。

「へぇ、そうなんですか」

動揺を隠すようにわざと大きな声を出し、溜《た》まっていた洗い物を続けた。店長と話す青学や駒大の会話の端々から、彼女がタレントの卵であることは知っていた。まだ、本格的にデビューしているわけではないが、近々、オーナーの口利きで大々的に売り出すかもしれないという話もあるようだった。

「アイドルにしては年を取りすぎてるしな」

「そうだよなぁ。アイドルって年でもねぇしな」

「賞味期限ギリギリだよな」
たしか彼女は、ぼくよりも二歳年上で、まだ二十一歳になったばかりだったはずだ。

結局、ぼくは十ヶ月ほどで「The apartment」を辞めた。特に理由があったわけではなく、当時の気分としては、なんとなく飽きたからだったのだろうと思う。辞めるときには、すでにぼくが一番長く勤めているバイトだった。最初に青学が辞め、その代わりに立教《りっきょう》の学生が入り、その翌月には駒大が辞め、もう覚えていないがまた別の大学の学生が入ってきた。もしかすると、今も自由が丘の「The apartment」に行けば、そんな入れ替わりが繰り返されているのかもしれないが、あの店がまだあるとも限らない。

次々に入れ替わっていく学生たちとは対照的に、ぼくが辞めるとき、彼女はまだ働いていた。週に一、二回だったのが、週に一回になり、二週間に一度、月に一度という感じで、シフトに入る日は徐々に減っていたが、間違いなくぼくが辞める日まで、狭い更衣室のタイムカード入れには彼女の名前が書かれたカードがあった。

「The apartment」のバイトを辞めて、半年ほど経ったころだったと思うが、何気なく見ていたテレビに、なんと彼女が出てきた。思わず、「わっ」と声を上げたのではないだろうか。もちろん、瞬時に画面に飛びつき、「あ、あ」とうわごとのような声を上げたはずだ。

彼女が出演していたのは、大手菓子メーカーの飴《あめ》のＣＭだった。画面いっぱいに彼女の顔がアップで映し出され、飴を含んだ頬がぽっこりと膨らんでいる。十五秒ほどの短いＣＭで、彼女の顔に重なるように商品名が現れ、あっという間に終わるのだが、最後に蝶が一匹飛んできて、飴で膨らんだ彼女の右頬にとまるのだ。

「あっ、あっ！」

思わず声を上げた。ぼくにとっては、彼女といえば、いつも背中にとまっていた蝶だったのだ。

ＣＭが終わると、ほかでも出てこないかとチャンネルを替えた。ただ、そんなに都合よく見たいＣＭは見られない。その日からテレビをつけると、彼女のＣＭが流れるのを待っていた。

あれはたしか青学がバイトを辞めるときの送別会の夜だったか、居酒屋からの帰り道でたまたま彼女とふたりきりになったことがある。いや、自由が丘から渋谷に戻る彼女と、バイト帰りに一緒になることはないので、ぼくが何かしら理由をつけて、渋谷まで彼女と同じ電車に乗ったのかもしれない。

とにかく、偶然だったと記憶してしまうくらい、偶然をよそおって、ぼくは彼女とふたりで渋谷行きの電車に乗った。駅へ向かう道とか、ホームで電車を待っているところはまったく覚えていないのだが、車《しゃ》輛《りょう》のどの辺りのシートに座ったかということや、右側に彼女がいて、前のシートが空いていたことは不思議と覚えている。

「やっと、辞めてくれた」

ぽつりと彼女がそう呟《つぶや》いたのは、電車が走り始めてすぐだった。

「え？」と、彼女のほうに目を向けると、おどけて片側の眉《まゆ》を上げ、

「送別会なんて、出る気なかったんだけど、やっとこれで会わなくて済むのかと思ったら、嬉しくてお祝いしたくなっちゃった」と笑う。

青学がバイトを辞めることを喜んでいるらしいことは分かったのだが、仕事中は仲良さそうに話していたので、その理由が分からなかった。

「嫌いだったんですか？」と、ぼくが訊くと、「柳田くんは、好きだった？」と、大げさに目を丸めて訊いてくる。

「別に、好きでも、嫌いでもなかったですけど」

「そう？　私はほんとにあの手のタイプは苦手」

ぼくが返事をしないので、彼女は、「……うん。ほんとに苦手」と、もう一度繰り返し、今度は大きく肯いた。

電車は自由が丘駅を出て、ゆっくりと渋谷のほうに向かっていた。空《す》いた車内では吊《つ》るされたポスターだけが目立つ。

「でもさ、ああいう人が、結局なんていうか……」

大物俳優の離婚を伝える週刊誌のポスターを眺めていると、彼女がそう声をかけてきた。

「……きっと、ああいう人が、人の上に立つのよねぇ。人の上に立って、ああいう風にはなりたくないって思ってる人を、自由に使えるようになるのよねぇ」

正直、彼女が何を言いたいのか、判然としなかったが、なんとなく伝わるところがあって肯いた。青学は「The apartment」のオーナーや先輩たちの伝手《つて》で、某テレビ局から内定をもらっていたのだ。

「別に張り合うことないんじゃないですか」とぼくは言った。どちらかと言えば、彼女にというよりも自分自身に言ったように響いた。

「彼ってさ、陰で私のこと、いろいろ言ってたんでしょ？」

「いろいろって？」

「だから、たとえば、ほら、オーナーのこととか」

彼女はまっすぐに前を見ていた。前のシートに誰も座っていなかったので、窓ガラスに彼女の顔がはっきりと映っている。

「ああいう人って、自分が姑息《こそく》な手を使ってるから、みんな自分と同じように姑息な手を使ってるって思いたいんだろうね」

「田口さん、姑息な手、使ったんですか？」

ぼくもまっすぐに前を見ていた。窓ガラスにふたりの顔が並んでいた。

「私が何を言っても信じないでしょ？」

ぼくは返事をしなかった。嘘がつけるほど、世知に長《た》けていなかったし、本音を言うほど子供でもなかった。

「そうか。こういうときに、柳田くんって、ちゃんと返事しないんだ？」

彼女はそう言って、笑った。

電車が駅に着くまで、大学のことや店長のことを話していた。元役者の店長には、別居中の奥さんと二歳の息子がいるとか、そんな話だったと思う。

電車がいよいよ渋谷駅に到着するころ、彼女がすっと席を立って、なぜか誰も座っていない向かい側のシートに移った。一瞬、何事かと目で追っていると、真正面に座った彼女が、じっとぼくの目を見つめ、「ねぇ、柳田くんって、なんか悪い人じゃなさそうだから、一つお願いごと、聞いてくれない？」と言い出す。

ぼくは、「な、なんですか？」と恐る恐る訊いた。

「もしも私が芸能界にデビューできて、もしも私をテレビや映画の中で見つけたら、心から『おめでとう！』って祝福してよ」

彼女は真顔だった。

「そんなの、もちろん祝福しますよ」とぼくは即答した。

「そうじゃなくて、本当に心から」

彼女は今にも泣き出しそうに見えた。

「はい。心からおめでとうって言います」

「ほんと？」

「はい。約束します」

そう言ったぼくの顔は、とても真剣だった。その真剣な顔が、ガラス窓に映っていた。

電車が渋谷に着き、ぼくらはそこで別れた。たしか彼女は地下鉄に乗り換えたはずだ。

その後もバイト先で何度も顔を合わせたが、電車の中での話が蒸し返されることはなかった。

意識していたせいもあるのか、ぼくは十回以上、彼女が出演していたCMをテレビで見ることができた。さっきも言ったように、初めて見たときは、あまりの驚きに、「あ、あ、あ」と声を上げることしかできなかったが、二度、三度と見ているうちに、オーナーの顔がちらつくようになり、そのうち、心のどこかで、どうせこのまま消えていくに違いないと思うようになっていた。心配していたわけではない。そうなればいいと思っている自分がどこかにいた。理由は分からない。ただ、自分だけが、あの渋谷へ向かう電車の中に、まだ残っているような気がしたのだ。

結局、一度も「おめでとう」とは言えなかった。

彼女が出演していたＣＭは、一ヶ月もすると、どのチャンネルを回しても流れなくなった。すぐに別バージョンのＣＭが流れ出し、その後、彼女をテレビや映画で見かけたことはない。

記憶と同じように、現実というのも残酷なもので、バイト先で知り合った彼女と、その後、恋に落ちたというわけでもない。ただ、同じ店で、同じ時期にバイトしていたというだけだ。これで、その後、恋にでも落ちていれば、もしかすると、今、こんな風に思い出すこともないのかもしれない。そう、まるで出会わなかったような出会いだったからこそ、何年も経ってから、とつぜん懐かしく思い出すこともあるのだ。

もしも今、彼女をどこかで見かけたら、心から「おめでとう」と言ってあげられるような気がする。ただ、やっとそう言えるようになったのに、いくらチャンネルを回しても、彼女はもう現れない。

ゴシップ雑誌を読む女

たぶん誰も、彼女を見ていなかった。美人でもなく、愛想もよくなかった。実家は錦糸町《きんしちょう》の駅前で小さな中華料理店をやっているらしかった。誰も行ったことはなかったが、そこの特製餃子《ギョーザ》がうまい、という噂はあった。みんな彼女のことを「首藤《しゅとう》さん」と苗字《みようじ》で呼んでいた。もちろんぼくも会社ではそう呼んでいたが、当時付き合っていたはるかに会社の話をするときは、「今日、また泉《いずみ》ちゃんに怒られたよ」などと、気安く「ちゃん」づけすることが多かった。

肌の色は真珠のように白く、短い髪は少しちぢれていた。ほとんど笑うことはなかったが、ときどき電話で長い自社名を言い間違えて、地味に頬を赤らめる様子はかわいかった。ランチは弁当を持参していた。いつもそこには小さなミートボールが入っており、その小さなミートボールを必ず四等分してから口に入れた。ふだんは、まるで海に沈んでいるかのように、静かに仕事をこなしているのだが、新米のぼくが何か失敗すると、とつぜん海底から浮かび上がってきて、「ち、違うでしょ！」と怒鳴りつけた。その声はフロアの隅々にまで響き渡り、彼女のことを「オペラ歌手」と陰で呼んでいる女子社員もいた。震えているような、不思議な怒鳴り声だった。針があるレベルを振り切れば、ヒステリーと呼べるのだろうが、彼女の場合、そのギリギリのところで針が震えているようだった。

課長は、「首藤さん、そんなに萩原《はぎわら》くんを苛《いじ》めるもんじゃないよ」と笑った。

「苛めてるんじゃありません！　ちゃんと仕事をしてほしいだけです！」

頭もよく、仕事も丁寧だったが、彼女には冗談が通じなかった。

仕事以外のことでは、ほとんど口を開かなかった。毎朝、始業時間の二十分前には仕事を始め、昼休みには持参した弁当をデスクで食べて、余った時間で海外の雑誌を眺めていた。「People」誌や「HELLO!」誌のようなゴシップ雑誌が多かったように思う。ただ、ページを捲《めく》るその表情は、いつもつまらなそうだった。

あるとき、「ねぇ、萩原くん、この女優さん、どう思う？」と、唐突に雑誌を突き出されたことがある。そこに写っていたのは、見たこともない若い女優で、「さぁ……。でも、胸はデカいですね」とぼくは答えた。

ただ、せっかく答えたのに、返事はなかった。その若い女優の横にメル・ギブソンが写っていた。キャプションを読むと彼の新作で共演するらしい。もしやと思い、「首藤さんって、メル・ギブソンのファンなんですか？」と尋ねた。一瞬、彼女の頬がピクッと動き、慌てるようにページが捲られた。やはり彼女からの返答はなかった。

女子社員たちの噂では、彼女には遠距離恋愛中の男がいるらしかった。ときどき、彼女がバッグから取り出して熱心に読み返している手紙は、その男からのものだったらしい。まだメールも携帯電話も普及していないころだった。

初出勤した朝、かかってきた電話に出ると、相手が英語で喋《しゃべ》り始めた。ぼくは間違い電話だったふりをして、「いいえ、違います」と電話を切った。もちろんすぐに相手はかけ直してきた。今度は彼女が出てくれた。あまりうまい英語ではなかったが、どうにか対応できていた。電話を切ると、彼女はちらっとぼくのほうに目を向けた。その険しい目は、「あなた、本当は英語できないんでしょ?」と言っていた。

面接の際、課長に「君、英語は話せる?」と訊《き》かれた。続けて、「普通はファクスでのやりとりだから、特に話せなくてもいいんだけど」と言うので、「あ、はい。日常会話程度なら大丈夫です」と嘘をついた。その前に五社の面接に落ちていた。もう二ヶ月も失業していて、そろそろ職が決まらないと、翌月にはアパートを追い出されそうだった。

「まぁ、貿易事務の経験があるんだったら問題ないよ」

課長はそう言うと、履歴書を折って封筒に戻した。「じゃあ、早速だけど来週から来てもらえるね」と。

ぼくは、「ありがとうございます」と礼を述べて立ち上がり、その足で駅前の書店へ走った。探してみればあるもので、書店の棚には『これでOK！　貿易事務のしごと』という本が並んでいた。

自分がいい加減な男だということは知っていた。そういうことを知っているから尚《なお》、いい加減なのだろうということも分かっていた。目分量で作るのが料理のプロなら、さしずめ自分は人生のプロなんじゃないかと。もちろん、ときどき味見を怠って、痛い目に遭うことはあったが、とりあえず、味はそこそこ、見た目もそこそこで、まったく食えない料理でもない。ただ、はるかに言わせれば、「あなたには、肝心の出汁《だし》が欠けている」らしかった。

契約社員とはいえ、やっと就職できたのは、主に韓国との貿易を代行する小さな会社だった。航空便と船便のセクションがあり、配属された船便「輸入課」には、課長と泉ちゃんのふたりしかいなかった。一方、航空便のほうには、時代の流れか、扱う貨物の種類のせいか、「輸出課・輸入課」のそれぞれに、二十人ほどのスタッフがいた。フロアのなかでも一番日当たりの悪い場所にぼくらのデスクはあった。

入社して数日後、課長が歓迎会を開いてくれた。場所は会社の近所にある「きっちょむ」という古い居酒屋で、二階の広間が貸し切られた。「輸入課」の三人だけでは寂しいので、「輸出課」や航空便のほうからも人が集まり、総勢二十人ほどの大所帯になった。ただ、歓迎は最初の乾杯までで、その後はいつもの飲み会に変貌《へんぼう》したが。

まだ会が始まったばかりのころ、一階のトイレへ向かっていると、階段の途中で泉ちゃんとかち合った。彼女はまだビールをグラスに半分ほどしか飲んでいなかったはずだが、その頬は紅潮し、少し目がとろんとしていた。

「みなさん、すごくにぎやかですね。いつもこうなんですか？」

なるべく親近感を持ってもらおうと、満面に笑みを浮かべてそう訊いた。初日の朝、課長に彼女を紹介されたとき、この手の女にはなるべくフレンドリーに話しかけておいたほうがいいと直感したからだ。

何か答えてくれるだろうと思ったが、彼女は「フンッ」と鼻で笑っただけだった。子供のころからモテるタイプの男ではなかったが、初対面で嫌われるようなタイプでもない。彼女の態度に、一瞬ムカッとしながらも、笑みを浮かべ続けていた。

無言ですれ違った彼女が、「ねぇ」と声をかけてきたとき、ぼくはすでに階段の下で、店の下駄《げた》を履いていた。見上げると、階段の途中に立ち止まった彼女が、文字通りこちらを見下している。

「あなた、貿易事務の経験があるっていうのも嘘でしょ？」

たった今、冷凍庫から取り出してきたような、とても冷たい言い方だった。

いい加減な男というのは、一般的にぼけっとしたイメージがあるようだが、実際は違う。こういう断崖《だんがい》絶壁に追いつめられた場合、いい加減でない男は真実を告げてそこからまっ逆さまだが、いい加減な男のほうは、どんな手を使ってでも、自分だけは生き延びようとする本能が働くのだ。

このときのぼくは、階段の下に立ち尽くしたまま、言い訳もせず、真実も告げず、ただ黙って俯《うつむ》いていた。本能的にそうしたのだ。しばらく沈黙が流れた。この沈黙が、今、どちらが優位な立場なのかを、相手に教えてくれる。

「……大丈夫よ。課長には言わないから」

階段の上から、そんな彼女の声が落ちてきた。恋愛でもなんでもそうだが、沈黙に耐え切れなくなるのは、必ず優位な立場にいるほうだ。

「ありがとうございます」

ぼくは真面目な顔でそう呟《つぶや》くと、下駄を鳴らしてトイレに駆け込んだ。小便を我慢していたわけではない。ドアを閉めたとたん、こみ上げてきたのは、ぎりぎりまで堪《こら》えていた高笑いだった。

その夜、泉ちゃんの様子がおかしくなってきたのは、宴会もこれから盛り上がろうかという早い段階だった。テーブルの向こう側に座っていた航空課の女の子が、「あ、課長、ほら」と、つくねを切り分けながら、とつぜん言った。

ぼくは何が「ほら」なのか分からず、課長のほうへ目を向けた。ぼくと課長の間に、泉ちゃんがいた。課長へ向けたぼくの目の前を、ゆらりゆらりと、まるでブランコのように、前後に揺れている彼女の頭が横ぎる。一瞬、何かの冗談かと思った。手酌で日本酒を飲んでいたので、酔っていても不思議ではなかったが、それにしてもあまりにも酔いかたが急激すぎた。

思わぬ事態に、しばらく声もかけられずに見ていると、その向こう側に座っていた課長が、慣れた手つきで、彼女の前にある汚れた皿やら徳利《とっくり》やらグラスやらを片付け始める。何が始まるのだろうかと思ったまさにそのときだった。前後に揺れていた泉ちゃんの頭が、そこに、課長が片付けたその場所に、ガッンと音を立てて落ちたのだ。

思わず、「あっ」と叫んでしまった。皿やグラスがあったら、間違いなく額から血が流れていただろう。

座卓に突っ伏した泉ちゃんを、ぼくが呆然《ぼうぜん》と眺めていると、「いつもなのよ」と、前に座っていた航空課の女の子が笑った。

「へ？」

思わず、珍妙な声を漏らしてしまった。

「そうなんだよ。いつもこうなんだよ。こうなる前に、やめさせようとするんだけど、そうすると暴れるしさ」

課長が呆《あき》れ果てたようにそう言って、今年のジャイアンツがどうのこうのという向こう側の会話に戻っていく。

正直、呆気《あっけ》にとられた。しばらくぽかんと口を開けたままだった。

慣れているからとはいえ、酔った女性が座卓に額を打ちつけて、そのまま起き上がってこないのに、その場にいる誰も関心を示さないのだ。

「だ、大丈夫なんですか？」

ぼくは動かなくなった泉ちゃんではなく、航空課の女の子に恐る恐る尋ねた。

「平気。あとは帰るまで起きないから」

「帰るまで起きないって……、じゃ、じゃあ、このままにしとくんですか？」

あまりの仕打ちに、思わず泉ちゃんを抱き起こそうとすると、

「あ！ ほんとに起こさないで！」と、航空課の女の子が悲鳴のような声を上げる。その声にみんなの視線が一斉にぼくに向けられ、「起こすなよ。起こすと、暴れるぞ」などという非難の声が、あちらこちらから飛んできた。

仕方なく抱き起こそうとした手を引っ込めた。それを確認したみんなは、またそれぞれの会話に戻っていった。

その夜、泉ちゃんは航空課の若い社員たちに担がれて店を出た。自分では歩いているつもりなのだろうが、その足は宙に浮いていた。さすがに誰か送っていくのだろうと思っていたのだが、航空課の若い社員たちは、まるで客用の布団を押入れにしまうように、彼女をタクシーに押し込み、そのままドアを閉めてしまった。

翌朝、泉ちゃんは何事もなかったかのように出勤していた。「おはようございます。昨日は大丈夫でしたか?」と尋ねると、「大丈夫。それより、何よ? このインヴォイス。社印は一枚目じゃなくて二枚目だけにって言ったでしょ!」と早速叱られた。

正直、彼女の存在がそら恐ろしく感じられた。人間が持つ狂気にも、さまざまな種類があると思うが、敢《あ》えて喩《たと》えるなら、泉ちゃんのそれは、ぼくがまだ幼かったころ、父の度重なる浮気に悩んでいた母が、お湯で温めたレトルトカレーのパックを、封も切らずにそのまま白いご飯にのせて、「ごめんねぇ。待たせて」と微笑んだときの、あの笑顔に近かった。

起こすと、暴れるぞ。実際に見たわけではなかったが、彼女が居酒屋で暴れている様子がはっきりと想像できた。

仕事を始めて三ヶ月が経つころには、次の履歴書には「貿易事務経験あり」と堂々と書けるぐらいにはなっていた。相変わらず、泉ちゃんは何かしらぼくの細かい間違いを探し出しては、「ち、違うでしょ！」と、その怒声をフロア全体に響かせていたが、以前のように、ぼくが作った書類をいちいち確認することはなくなっていた。ただ、所詮《しょせん》、生活のためにやっている仕事、いくら手際よくこなせるようになったからといって、それ以上に身が入るわけでもなかった。

会社は神谷町《かみやちょう》、愛宕山《あたご》のふもとにあった。天気のいい日には、昼休みにぶらっと東京タワーのほうへ散歩に出かけた。真下から見上げる東京タワーは、気分が悪くなるほど複雑で、晴れ晴れするほど高かった。

ある日、近所のコンビニで弁当を買って、東京タワーの周囲に広がる公園に入ると、ブランコ脇のベンチで、ひとりおにぎりを食べている泉ちゃんを見かけた。さっきまで向かい合ったデスクで仕事をしていた者同士、当然、声ぐらいかけるべきなのだろうが、たった一時間しかない昼休み、あと数ページで読み終わる『ブレストの乱暴者』を読みたかった。幸い、向こうは気づいていないようだったので、公園の反対側のベンチに座り、ブランコのほうには背を向けた。

急いで弁当を搔《か》き込み、じっくりと残り十数ページを読んだ。読後の呆然とした頭でタバコを一本吸い、ふと思い出してブランコのほうを振り返った。

泉ちゃんは、まだそこにいた。ぼくの存在に気づいたのか、彼女もまた、こちらに背を向けていた。

仕事に戻らなければならない時間まで、まだ少し間があった。先にひとりで帰ってもよかったのだが、なんとなくベンチから立ち上がった足が、彼女のほうに向いた。声もかけずに隣に座ると、彼女も近づいてくるぼくの足音に気づいていたようで、「いつも、ここで食べてたの？」と自然に訊いてくる。

「ここと か、愛宕山の境内とか……、いろいろですよ」とぼくは答えた。

隣に座るまでは、そのベンチがとても離れた場所にあるように思えていたのだが、実際に歩いてみると、それほど離れてもいなかった。

「萩原くん、何かやりたいことがあるんでしょ？」

とつぜん、彼女にそう訊かれた。一瞬、その意味が分からずに、

「やりたいことって？」と訊き返した。

「将来の夢っていうか、たとえば、ミュージシャンになりたいとか、

実は、演劇やってるんですとか……」

三ヶ月以上、毎日顔を突き合わせていたが、彼女にこんな質問をされたのは初めてだった。もっと打ち解けた間柄なら、なんてことのない質問なのだろうが、相手が日ごろは仕事の話しかしない泉ちゃんということもあり、ことさらプライベートな領域のことを尋ねられたような気がした。

「ないですよ。……どうしてですか？」とぼくは首をふった。

「そう。ないの」と、彼女も素直に肯《うなず》く。

「どうしてですか？」と、ぼくは訊き返した。

「これ、私の持論なんだけど、お昼休みをひとりで過ごしたがる人って、なんか、そういうものがあるような気がするのよ」

「……ないですよ」とぼくは笑った。

「そう。ないの」と、また彼女が肯く。

そこで会話が途切れてしまった。ぼくは腕時計を見た。まだ時間に余裕はあったが、先に会社へ戻ろうと思った。

立ち上がろうとすると、「あるなら、やってみればいいじゃない」と彼女が言う。一瞬、耳を疑って、「え？」と訊き返した。

「だから、何かやりたいことがあるんだったら、やってみればいいじゃない」と彼女が繰り返す。

「だから、何もないですって」とぼくは笑った。

すると、何かを思い出したように、「そうなんだよねぇ。本当に何かをやろうとしてる人って、絶対に他人には言わないんだよねぇ」と彼女が肯く。「……私は駄目なんだよねぇ。すぐ、人に言っちゃうから」と。

「いや、だから……」

「そう。だから、私の場合は、何も叶《かな》わないのよねぇ。人に言うと、それで満足しちゃうじゃない。それじゃ、駄目なんだよねぇ」

泉ちゃんはそう言って、ひとり納得しているようだった。ぼくはその横顔を、わけも分からぬまましばらく見ていた。

実際、やりたいと思っていることなど何もなかった。もっと言えば、何もやらなくていいように、必死に何かをやろうとしていた。真っ白な絵を描きたいのに、二十四色のクレヨンを無理に持たされているようだった。

あっという間に暑い夏が過ぎ、それ以上にあっという間に冬がきて、契約の更新時期が迫った。その二週間前に、泉ちゃんはすでに五回目の契約更新をしていた。

そんなある日、課長に呼ばれて、「これを機に、うちの社員になったらどうだ」と言われた。「人に自慢できるような会社じゃないが、この先、ここ以上の会社に入れるとも限らないぞ」と。

「その話、首藤さんにもされたんですか？」とぼくは訊いた。

契約を更新したということは、泉ちゃんがこの話を断ったのだろうと思ったからだ。

「いや、彼女にはしてないよ」

「どうして？」

「どうしてって、彼女は女の子だし……」

一瞬、「女の子って……、首藤さん、もう三十過ぎてんですよ」と言い返しそうになった。が、目の前にいる課長が悪いわけではない。彼もまた二十四色のクレヨンを持たされて、真っ白な絵を描けと言われているだけなのだ、と思い直した。

正社員への誘いをぼくが断ったという噂は、あっという間に社内に広まった。極端なもので、それまで気安く話しかけてきていた航空課の若い社員たちも、急に距離を置き始めた。ただ自分がこの場から逃げ出すだけのことで、決して悪気はないのだが、彼らにはそんな真意は伝わらない。たとえ行き先が地獄であっても、見送られる者より、見送る者のほうが、取り残されたような、そんな嫌な気分を味わうものだ。

退職日がいよいよ翌週に迫ったある夜、泉ちゃんと残業をしていると、「辞めたあと、どうするの？」と、唐突に訊かれた。すでに課長は帰っており、フロアにも航空課の数人が残っているだけだった。

「まだ、決まってません」とぼくは答えた。

「また、履歴書に嘘を並べて、どっかに応募するわけ？」

言葉とは裏腹に、泉ちゃんの表情には珍しく笑みが浮かんでいた。

「首藤さんの下で、一年近くも働けたんだから、もうどこでだってやってけますよ」とぼくは笑った。

「萩原くんは、どこでだってやってけるよ。だって、見ててイライラするくらい要領いいもん」と彼女も笑う。

「首藤さんは、要領悪いですよね。見ててイライラしますもん」

「来週、辞めるからって、これまでの愚痴をこぼしたいわけ？」

「これまでの愚痴？　あと一週間しかないんですよ。足りるわけないじゃないですか」

「そんなに溜《た》まってるんだ？」

「契約更新しなきゃ無理ですね」

お互いに顔を見合わせて笑った。一年近くも一緒に働いていながら、このとき初めて、ふたり一緒に声を上げて笑った。

その夜、仕事を終えて、珍しく駅まで一緒に帰った。

「首藤さん、俺って、やっぱり要領いいですかね？」

会社から地下鉄神谷町の駅まで、歩いて三分とかからなかった。もう慣れていたので、会話がなくとも居心地の悪い思いもしなくなっていたので、ふと口から出てきたこの質問は、単に沈黙を埋めるためのものではなかったはずだ。

「要領がよくて、そんな自分が嫌になって逃げ出して、逃げ出したその先で、また要領よく振舞って、また嫌になって逃げ出して……。それを繰り返してるんでしょ？　ぜんぜん要領よくないじゃない」

彼女は真面目な顔でそう言った。横断歩道を渡れば、そこがもう地下鉄の入り口だった。

「首藤さんの彼氏って、どんな人なんですか？」

それまで彼女の血液型さえ訊いたことがなかった。

「……遠距離なんでしょ？　どこに住んでるんですか？」

しばらく待ったが返事はない。信号が青に変わって、同時に足を踏み出した。

「……ロンドン」

ぽつりと、彼女が呟いたのはそのときだった。

「ロ、ロンドン？」

思わず、声が上ずった。

「前の会社を辞めたあと、一ヶ月間、向こうにホームステイしたことがあって。そのときに知り合った人」

「前の会社って、何年前ですか？」

「四年前」

「じゃあ、その人は向こうに残ってるんですか？」

「残ってるって。向こうの人だもん」

「え？」

今度は声が裏返った。横を歩く泉ちゃんとユニオンジャックが、どうしても結びつかない。

「外国人なんですか？」

当たり前の質問だった。

「会ってるんですか？」

失礼な質問だった。

「会ってないけど、ずっと文通してる」

一瞬、背筋がゾクッとした。信じようとは思うのだけれど、からだのほうがそれを拒否する。もちろん、彼女にメル・ギブソンのような彼氏がいるとは思えなかったが、外国人にもいろんな男がいる。ただ、今どき四年間も文通だけで続く恋愛があるとは思えなかった。とすれば……。その瞬間、彼女が壁に向かって何かを楽しそうに話している姿が浮かんだ。真っ白なクレヨンだけで、必死に何かを描こうとしている彼女の背中が目に浮かんできた。

地下鉄の階段を下り、改札口で別れた。アパートに戻り、早速はるかに電話をかけた。「泉ちゃんが、泉ちゃんが」と興奮気味に話すぼくに、「ねぇ、そんなことより、次の仕事決まったの？」と、はるかはうんざりしたように言った。

翌日からは、昨夜の会話はなかったこととして過ごした。彼女のほうからも、その話を蒸し返すことはなかった。

最終日、泉ちゃんがぼくの送別会をやると、夕方から珍しくフロアを歩き回っていた。惜しまれて辞めるわけではなし、「そんなの、いいですよ」と断ったのだが、動き出した彼女はもう誰にも止められない。

泉ちゃんは各部署を回って、「今夜、八時から、場所は『きっちょむ』ですから」と告げて回ってくれた。航空輸入課の課長に、「えっと、君……黒瀬《くろせ》さんだったよね？　ついでに、この郵便、出しといてくれない」と言われながら。

夕方、トイレにしゃがんでいると、「首藤さんの今日のあれ、いったいなんだよ」と笑う航空課の社員の声が聞こえてきた。並んで小便でもしているのだろう、もうひとりのほうが、「ありゃ、若い萩原に惚《ほ》れちゃったね」などと笑っている。

「ずっと男いないんだろうなぁ」

「もしかして、まだ処女だったりして？」

「うわっ、それヤバいって」

高笑いする男たちのブサイクな会話が続いていた。ぼくは便器から立ち上がると、乱暴にドアを開け、「首藤さん、もう四年も付き合ってる彼氏いますよ」と言った。一瞬、ふたりの肩がビクッと震え、「な、なんだよ、いたのかよ」と言いながら、慌ててファスナーを上げていた。

引継ぎも終わってしまったので、少し早かったが、先にひとりで「きっちょむ」に向かった。二階の座敷を泉ちゃんが予約してくれていた。

開始時間の八時を三十分ほど過ぎた辺りで、階段を上がってくる足音が聞こえた。また従業員から、「いつになったら集まるんですか？」と嫌みを言われるのだろうと思って目を向けると、すっと開いた襖《ふすま》の向こうに、泉ちゃんが立っていた。

「よかった。誰も来ないから、さっきから従業員の人に、いつ来るんだ、いつ来るんだって、ずっと責められてたんですよ」

ほっとして、ぼくは大げさにそう言った。しかし彼女は部屋に入ってこようとしない。その表情を見て、誰も来ないのだ、と知った。彼女は何か言おうとしたが、ぼくはその言葉を遮るように、「そりゃ、そうですよ。社員になりたくないって辞めていく男の送別会ですよ。

ふ、普通誰も来ませんって。うわっ、で、でも、ここ予約してあるんでしょ？　大丈夫かな？　違約金とか取られちゃいますよね。それとも二人でみんなの分、飲みますか？」などと、自分でも驚くほど、馬鹿みたいに捲《まく》し立てた。

不思議なもので、やってほしかったわけでもない送別会に、誰も来てくれないことが、哀しくて仕方なかった。もしも泉ちゃんがそこに立っていなければ、無様に泣き出していたかもしれない。

「行きましょ」

泉ちゃんにそう言われ、ぼくは素直に立ち上がった。すでに彼女が話をつけてくれていたのだろう、店を出るとき、従業員たちの冷たい視線が痛かった。

ふたりきりで別の居酒屋に入った。ほとんど会話はなかったと思う。ぼくは早く帰りたかったし、彼女は彼女で申し訳ないと思っていたのだと思う。

お互いにビールを二杯ずつ飲んで店を出た。駅へ向かう途中、「お世話になりました」とぼくは改めて礼を述べた。何か言ってくれるかと思ったが、泉ちゃんは何も言わずに、ただ肯いただけだった。

改札での別れ際、「これからどうするの？」と訊かれた。

「……実は、ちょっと、やりたいことがあって」とぼくは答えた。

もちろん嘘だった。やっぱり、やりたいことなど何もなかった。それなのに彼女のまえで、「ちょっと、やりたいことがあって」と言ったその瞬間、本当にそれがあるような気がした。こんな自分にも本気でやってみたい何かが、あるんじゃないかと思えたのだ。

「でも、それが何かは言えないんでしょ？」

泉ちゃんにそう言われ、「聞きたいですか？　もし聞きたければ、首藤さんにだけ教えますよ」とまた嘘をついた。

「いや、いい」と彼女は首をふった。「……前にも言ったけど、そういうことって、誰かに言うと、それで満足しちゃうから」と。

「分かりました。じゃあ、言いません」とぼくは言った。「とにかく、もうちょっと足掻《あが》いてみることにします」と。

照れくさかったが、改札で握手をした。先に手を出してきたのは、泉ちゃんのほうだった。一瞬、戸惑ったが、素直に手が伸びた。

初めて触れた彼女の手は、とても小さく、とても温かかった。

最初の妻

十三歳の少年が、子供なのか、大人なのか、今でも単純に言い切ることはできないけれども、もうちょっと言葉をにごして、十三歳の少年が、大人のような子供だったのか、子供のような大人だったのかと考えれば、間違いなく後者――、あのときのぼくは、きっと子供のような大人だったのだろうと思う。

あれは中学生になって、まだ初めての夏休みも迎えていなかったころだと思う。どういうきっかけで、そうなったのかは覚えていないが、たしか「かずみ」といった同じクラスの女の子と、ある日曜日にデートした。

それまでに彼女と口をきいたことがあったのかさえ覚えていないのに、その日、待ち合わせをした場所と時間だけははっきりと覚えていて、その当時ぼくらの町に一軒だけあったハンバーガーチェーン店「ロッテリア」に、あの朝、少し遅れてやってきた彼女は、たぶんよそゆきだったのだろう、空色のトレーナーにレースのついた白いスカートを穿《は》き、髪にはリボンの形のついたカチューシャをつけていた。

それはプラスチック製のとても安っぽいもので、まるで出来損ないの宇宙戦隊隊員みたいだった。

「なんだよ、それ」

その滑稽《こっけい》な髪飾りを見て、ぼくはすぐに指をさして笑った。

彼女も内心、自分のセンスに疑いを持っていたらしく、ぼくが笑うと、さっと髪からそれを外し、以後、その日の夜に別れるまで、ずっと手で持ち歩くことになる。

何も注文せずに店に入っていた彼女は、シェーキを飲んでいるぼくの前に座ると、開口一番、「今日、いくら持ってる?」と訊《き》いてきた。

ぼくは、「今、これ買ったから……」と飲みかけのシェーキを振りながら、ポケットから千円に満たない小銭を出した。

「私が二千五百円、持ってるから……」

彼女はそう言いながら、肩からさげていたポシェットをテーブルに置き、実際にその二千五百円をその場に広げてみせた。

一応デートだとお互いに意識はしていても、特に「明日、デートしよう」と誘い合わせたわけではなくて、「明日、一緒に遊ぼう」くらいのことだったのだと思う。このとき、彼女がポシェットから二千五百円を取り出したとき、ぼくは、「あ、そうか。一緒に遊ぼうって言っても、いつもみたいに近所の駐車場でキャッチボールしたり、裏山を探検したりするわけじゃないんだ」と、とつぜん気づいたことを覚えている。

となると、千円も持っていない自分が急に情けなく思え、彼女に主導権を握られたような気になった。

「映画観に行くって、お金もらってこようか？」とぼくは訊いた。

すると彼女が、「映画観に行くの？」と、驚いたような顔をする。

「いや、行かない」とぼくは首をふった。

「だったら、お金もらってこなくていいじゃない」と彼女も笑う。

そりゃそうだ、と思ったぼくは、「飲む?」と、照れ隠しのように飲み残したシェーキを彼女に渡した。彼女も一瞬顔を歪《ゆが》めたが、素直にそれを一口飲んだ。


どのような話の流れで、隣町のI市へ行くことになったのか覚えていない。ただ、今になって思い返してみると、彼女は初めから汽車に乗って、どこかへ行こうと考えていたのではないかと思う。

隣町といっても、数ヶ月前まで小学生だったぼくらにとっては、かなり遠くへ出かける気分だった。今の感覚でいえば、温泉に一泊で出かけるような、いや、もうちょっと不安な感じ……、たとえば、生まれて初めて一人旅をするような（もちろん横には彼女がいるのだけれども）、とにかく駅でI市までの切符を買ったときには、そんな途方もない感じがしてならなかった。

その上、ぼくらの町にはチンチン電車が走っていたので、ふだん「電車」といえばそれで、従来の国鉄路線のことを汽車と呼んでいた。だからかもしれないが、ふだん乗らない汽車が向かう先は、どこか別の世界とつながっているような、そんな思い込みもあったのだと思う。

I市までは汽車で一時間ほどだったと思う。もちろん急行や特急もあったのだろうが、混んだ窓口では行き先を告げるのが精一杯だった。

汽車の中では、彼女と向かい合って座った。進行方向に彼女が背を向けて座り、ちょうど彼女の背後から、見慣れぬ町の風景が迫ってくるような感じだった。

彼女はポシェットからアーモンドチョコレートを四粒取り出した。

「箱ごと持ってこようかと、思ったんだけど、この中に入らなくて」とかなんとか言い訳しながら、ぼくの手のひらにそのうちの三つを置いた。

おそらくそれがきっかけだったと思うのだけれど、そのあとしばらく彼女は、当時まだ新人だった松田聖子の話をした。ちょうど彼女がそのアーモンドチョコレートのCMに出ていたからだ。

ただ、ぼくのほうはあまり詳しくなかったので、「デビュー曲のB面がいい」とか、「この前、テレビに出たときには前髪を少し切っていた」とか、熱心に話す彼女の前で、「ふーん」とか、「へぇ」とか、ずっと気のない返事をしていたはずだ。

　彼女はクラスの男子の間でも人気があるというタイプの女の子ではなかったように思う。どちらかというと、男子ではなく、女子のほうに人気がある姉御肌のタイプで、たしか小学校のころバスケット部の副キャプテンをしていたと聞いた覚えがある。

　バスケットといえば、彼女は背が高かった。そう、恥ずかしながら、当時はぼくのほうが低かったのだ。

　松田聖子の話に飽きると、彼女はとつぜん黙り込んだ。今であれば、とつぜん黙り込んだ相手を気遣って、今度は自分が何か話さなければと思うのだろうが、当時はまだそこまで頭が回らずに、ぼくは彼女が黙ったのをいいことに、「ちょっと、一番前の車輛《しやりよう》まで行ってくるよ」と、その場に彼女だけを置いて立ち上がった。

興味ない松田聖子の話にも、じっと座っていることにも、そうとう飽きていたのだと思う。ときどき大きく揺れる車中を、シートの背などに触らないようにバランスを取って歩くのはスリルがあった。ぼくは一番前の車輛まで行くと、今度は一番後ろの車輛へ向かい、途中、元の座席にぽつんと一人で座っている彼女に、「何秒でここに戻ってこられるか、計っといて」などと、くだらぬことを頼んだりした。

I市まで一時間ほどかかったが、午前中には到着していたはずだ。I市の駅はとても寂しげな駅だった。改札を抜けると、小さな売店が一つあって、ある意味、それですべてだった。

その上、駅を出たところで、目の前にショッピングセンターがあるわけでもなく、もう何時間もそこに停まっているようなバスが一台あるだけで、町全体から通せんぼされているような気分になった。

「どうする?」と、途方にくれてぼくは訊いた。

内心、そのまま自分たちの町へ、とんぼ返りしてもいいような気分だった。しかし彼女が、「あのバスに乗ろうよ」と、目の前に停まっているバスをさす。

「あのバス?」と、ぼくは露骨に嫌な顔をした。

不安だったのもあるし、その古い型のバスがぼくらを面白そうな場所へ連れて行ってくれるとも思えなかった。それでも彼女が、無理やりぼくの手を引っ張ってバスに乗せた。

永遠にその場に停まっているようにも見えたバスだったが、ぼくらが乗り込むと、なぜかすぐに発車した。ぼくらは一番後ろの席に座って、しばらくの間、バスが揺れているのか、町が揺れているのか分からないような景色を眺めながら、クラスメイトの中で誰が一番嫌いかとか、誰それの父親はヤクザらしいとか、たわいもない噂話を続けていた。

とつぜん彼女が、「次で降りよう」と言ったのは、停留所にして十個目くらいの場所だった。

あまりにもとつぜんだったので、ぼくは、「な、なんで？」と彼女に尋ねた。すると彼女が、「バスに乗ってるより、そこの川沿いを歩いたほうが愉《たの》しそうじゃない」と、窓の外を指さす。

彼女との話に夢中で、ぼくはずっと背後の景色を見ていなかったが、彼女に言われて振り返ってみると、たしかにそこには大きな川が流れていた。彼女はすぐに降車ボタンを押した。

バスを降りると、すぐに河川敷に出られた。ただ、バスの中からは大きく見えたのだが、実際に近寄ってみると、それほど大きな川でもなかった。向こう岸まで二十メートルもなかったのではないだろうか。

それでも川の両岸には、コンクリートの防壁が延びていた。彼女よりも背の低かったぼくがよじ登れたのだから、高さは二メートルちょっとのものだったのだと思う。最初は怖がって登ってこなかった彼女も、途中、少し防壁が低くなったところでぼくの後ろを歩き出した。

横に並んで歩けるほどの幅はなかったが、一人で歩くには十分だった。このとき防壁の上を歩きながら、彼女とどんな話をしていたのか覚えていない。ただ、ずっと笑っていたのはたしかで、ぼくは何度も足を止めて、笑っている彼女の顔をわざわざ振り返って確かめていた記憶だけはある。

バス停にして二つ分くらい歩いただろうか、彼女がとつぜん「おなかが減った」と言い出した。

物珍しい風景にすっかり忘れていたが、言われてみればこちらもかなりの空腹だった。帰りの汽車代を差し引いても、昼食にふたりで千円くらい使える余裕があった。

防壁から飛び降りると、ぼくらは川沿いを離れて、再びバス通りに戻った。五分ほど歩くと、小さなラーメン屋があった。表のショーケースに埃《ほこり》をかぶった親子丼やオムライスのサンプルが置かれているような店だ。値段を確かめて、恐る恐るドアを開けると、四つあるテーブルの一つに割烹着《かっぽうぎ》を着たおばあさんが座っており、小さなカウンターに置かれたテレビを見ていた。

おばあさんは店に入ってきたぼくらを見て、最初は客だと思わなかったらしく、「何？　どうしたの？」と心配そうな顔をした。

「オムライスを二つ」とぼくが告げると、一瞬きょとんとしたが、すぐに子供だが客なのだと判断したらしく、「はいはい、オムライスね、オムライス」と繰り返しながら立ち上がり、「ここに座りなさいよ。テレビ見えるから」と、今まで自分が座っていた場所を指さした。

オムライスはすぐに出てきた。おばあさんが作って、おばあさんが持ってきた。街で食べるオムライスよりも、味が薄く、にんじんがたくさん入っていて驚かされたが、ぼくも彼女もあっという間に平らげた。

食べている途中、「この辺の子じゃないよね？」とか「どこから来たの？」とか、いろいろと質問されたが、答えたのは全部彼女で、「いとこのところに遊びに来てます」などとてきとうに嘘をついていたように思う。

おなかが満たされると、急に町全体が退屈に思えた。ただ通り沿いには古い民家が並んでいるだけで、ゲームセンターがあるわけでもないし、公園があるわけでもない。

それでもラーメン屋を出てから、しばらく歩いていると、小さな商店街にぶつかった。ただ商店街といっても、小さな郵便局を中心に酒屋や八百屋などが数軒並んでいるだけで特に目を引くものもない。その中に古い不動産屋が一軒あった。その店先で最初に足を止めたのは彼女のほうで「貸アパート」「貸間」などと書かれた貼り紙を、特に興味もなさそうに一つ一つ確かめていく。

「ねぇ、もし私と結婚したら、どこに住む？」

貼り紙を見つめながら、とつぜん彼女にそう訊かれた。

一瞬、自分が何を訊かれたのか分からずに、ぼくは、「は？　何？」と彼女の顔を覗《のぞ》き込んだ。

「だから、もし私たちが結婚したら、どこに住む？　ここは？」

彼女はぼくのほうを見ずに、薄いガラスの内側に貼られている紙を指さした。彼女の指がさしていたのは、家賃三万二千円の貸しアパートで、「和6－和6－K4・5」と書かれていた。

「これ、どういう意味だ？」

ぼくは並んだ数字を指さした。

「だから、これは……、六畳が二つあって、台所が四畳半ってことじゃない？」と、彼女も半信半疑ながら説明してくれる。

ぼくは自分が暮らしている家を思い描いた。決して金持ちではなかったが、一応二階建ての一軒家で、この貼り紙の間取りに比べれば、軽自動車とミニバスぐらいの違いはあった。

「こんな狭いの、嫌だよ」

ぼくは呆《あき》れ返ったようにそう言った。「……たったの二部屋だって。狭いよ、狭すぎる」と。

「じゃあ、これは？」と彼女が次の貼り紙をさす。

「それも狭い。二人で暮らすんなら、もっといっぱい部屋いるって。こんなの貧乏くさいよ」

「そうだよねぇ」

彼女も納得したように深く肯《うなず》く。

「おまえんちって、どれくらい？」とぼくは訊いた。

「うち？　うちはほら、おばあちゃんちだから、もっと広いよ」

彼女にそう言われ、ぼくは彼女が母子家庭だったことを思い出した。

「どれくらい広い？」とぼくは訊いた。

「部屋はねぇ、五個ある」

「うちは、六個。……あ、でも一階は襖《ふすま》で仕切ってるだけだから、五個だ。お前んちと一緒」

「でも、うち、お風呂《ふろ》にシャワーないんだよね」

「うちだってないよ」

「あと、台所が狭いの」

「何畳？」

「六畳くらいかな」

「じゃあ、うちのほうが広いな。十畳くらいはあるもん」

「やっぱり台所が広くないと駄目だよね？」

「そうかな？」

「そうよ。だってもし結婚したら私が料理するでしょ。そうしたら広い台所のほうが美味しいもの作れるもん」

「食器とか、鍋《なべ》とか、フライパンとか、いっぱい置くものあるもんな」

「最初はちょっとでいいんじゃない？　二人分で」

「でも、誰か来たらどうする？」

「そうか。やっぱり四人分くらいはいるかな？」

「足りないよ。たぶん十人分はいるな」

「そんなにいらないって」

「いるって！」

だんだん声が大きくなっていたのか、店の中で何やら書類に書き込んでいたおじさんが怪訝《けげん》そうな目でこちらを見ていた。

「十人分はいらなくても、八人分はいるよ」

「多すぎるって」

ぼくらはまだそんなことを言い合いながら、店先を立ち去った。

隣に小さなストアーがあって、ぼくらは五十円のアイスクリームを一つずつ買った。それで今日使える金はすべてだった。

アイスクリームを舐《な》めながら、また見知らぬ町を歩き始めた。ただ、どんな家に住みたいかという話は終わっておらず、「だったら、この家は？」とか、「じゃあ、あのアパートは？」などと、彼女が目に入ってくる建物を、次々と指さしていく。

格子戸のある家を彼女が指させば、「ここなら住んでもいいかな」

とぼくは答える。すると彼女が、「最初から一軒家は無理だよ。結婚したばかりのときはアパートしか住めないって」と反論する。

「なんで？」とぼくが唇を尖《とが》らすと、「だって、給料少ないいんだよ」

と彼女が真面目な顔で答える。

「なんで、少ないって分かる？」

「だって、最初はみんな少ないもん。当たり前じゃない」

「みんな？」

「そうよ」

「いくらぐらい？」

「そうねぇ、一ヶ月で……」

彼女はそこで言葉を詰まらせた。彼女も具体的な数字までは知らなかったのだと思う。

「とにかく、最初はアパートよ。それでお金貯めて家を買うんだから」

彼女はそう言うと、目の前にあったおんぼろアパートを指さした。そして、「じゃあ、このアパートだったら？」とまた訊いてきた。

これまではぶらぶらと歩きながらだったのだが、たまたまそのときは二人とも立ち止まっていて、目の前にあるアパートで暮らす自分たちの姿が想像できた。

アパートの窓にはたくさん洗濯物が干してあり、階段の下には汚れた三輪車が打ち捨てられていた。

「ここ？」

ぼくは大げさなほど大声を出し、「こんなところで暮らすくらいなら、死んだほうがましだよ」と言い放った。

「なんで?」と、彼女がとても悲しそうな顔をする。

その表情に一瞬戸惑ったが、「だって、おんぼろすぎるよ」とぼくは答えた。するると彼女も、「たしかにおんぼろすぎるよね」と笑った。

ぼくらは再び歩き始めた。そして、二人が新婚生活を送るアパートの話もまたそこで終わった。

帰りの汽車も来るときと同じように向かい合わせで座った。ただ、今度はぼくが進行方向に背を向けており、昨日までは知らなかったが、今は知っているI市の風景が、彼女の背後に遠ざかった。

彼女がとつぜん転校したのは、それから二週間後のことだった。最後の日、彼女は学校に来なかった。代わりに先生が黒板に彼女の新しい住所を書いた。

I市K町……。

それは、ぼくら二人が歩き回った町だった。

黒板に書かれた住所を見ていると、彼女が最後に指さしたアパートが浮かんできた。おんぼろで、窓にいっぱいの洗濯物が干してあった、あのアパートが。

ぼくは声を上げそうになった。「違う！　そうじゃない！」と、もういない彼女に向かって。

解説

田中敏恵

『女たちは二度遊ぶ』は、「野性時代」に2004年から05年にかけ連載されていた短編小説集である。当時は「日本の11人の美しい女たち」というサブタイトルがあり、毎回「どしゃぶりの女」「ゴシップ雑誌を読む女」「夢の女」などの題名がついていた。がらっぱちだったり、何にもしなかったり、些細《ささい》なことですぐ泣いたりする女と男とのひとときの出来事が綴《つづ》られている。

単行本刊行の際の著者インタビューで、吉田さんは「初めて何かを思い出そうとして書いた作品だった」と語っていた。「では、何を思い出そうとして書いたのですか」と問うと「それが何だったのかは、結局分かりませんでしたが」と、煙《けむ》に巻くような答えが返ってきた。

芥川賞受賞後の最初のインタビューから最新刊『元職員』まで、数えてみると吉田さんに20回近くもインタビューをしてきた。最近は随分と流暢《りゅうちょう》に答えてくれるようになったとはいえ、自己の深層に近づこうとすると相変わらずはぐらかされている。彼が心情を吐露するのは、きっと作品の中だけなのだと思う。では初めて自身の経験をしっかり思い出して書いたという本作に、普段は語らない吉田修一の何が内包されているのだろうか。

「最初の妻」以外、物語の主人公は貿易会社で契約社員として働く20代半ばらしき男子、求職中の男、大学にはさっぱり通っていない学生など、長崎から上京して作家になる以前の吉田さんを彷彿《ほうふつ》とさせる人物たちである。この作品で彼は、何者でもない時代の自分と向き合っているのだ。そんな過去を小説にしようとしたとき相手に選んだのが、同じくインタビューで「以前、会ったことがある」と語っていた11人の女だった。そして作品に出てくる女たちは皆、男の人生に迫ってきてはすっと遠ざかっていく。まるでこの汽車から見える景色のように。

〈汽車の中では、彼女と向かい合って座った。進行方向に彼女が背

を向けて座り、ちょうど彼女の背後から、見慣れぬ町の風景が迫ってくるような感じだった〉

〈ただ、今度はぼくが進行方向に背を向けており、昨日までは知らなかったが、今は知っているI市の風景が、彼女の背後に遠ざかった〉（最初の妻）

光源氏の周りにいる恋人たちが源氏物語に個性を与えているのと同じように、この作品も主人公は男性だが、色をつけているのはやはり女性である。男が白いキャンバスで、女という絵の具がそこにさまざまな絵を描いているようだ。とはいえ本書の中には、ずっと忘れられない義母や手塩にかけて育てた後に正室となるような、男の人生の真ん中を占めそうな女はいない。

〈そう、まるで出会わなかったような出会いだったからこそ、何年も経ってから、とつぜん懐かしく思い出すこともあるのだ〉（ＣＭの女）

物語に彩りを加えていったのは、出会わなかったような出会いをした女たちだった。そしてそんな彼女たちとの時間が描かれているところに、作者・吉田修一らしさがにじんでいる。

「平日公休の女」で、別れてもいやな女だと思うほど忘れられない女がちらりと出てくる。彼女をカレンダーで喩《たと》えるなら、誕生日やクリスマス、バレンタインなどイベントにうってつけの日にあたるのだと思う。どんな人だって去年の誕生日のことを教えてください、と訊《たず》ねられたら何かしら話してくれるだろう。しかし、なんてことはない平日やありふれた土曜日の出来事を語れと言われたら、誰もがうろたえてしまうはずだ。しかし吉田修一が小説でやってきた、これからもやっていくであろう事柄は、誰もがうろたえることに向き合い、そこにある事柄を物語として紡ぐことではないだろうか。

そんな作者の視点から生まれたこの11編の小説でも、男や女の何気ない仕草が私たち読者を引き込んでいく（あんまりネタバレになるのもいけないから控えめに書くけれど）。突然姿を消したという事実よりレンタルビデオ店でのたわいない会話、別れより女がシチューの鍋《なべ》をかき混ぜているシーンが心に残ったりする。またこれらのシーンがとまどいや未練を、怒りを浮き上がらせているのも確かだ。しかしそれと同時に読む者たちが忘れたはずだった記憶へ誘《いざな》っていくのかも知れない。突然思い出してしまう記憶や感情は、そんなふとした出来事に付随するものだから。

小説の効用といったら本当にいろいろあると思うが、自分の忘れていた思い出までも呼び起こしてくれるというのも、そのひとつである。誕生日やお正月のように、毎年やってくるスペシャルデーを思い出させてくれる存在は、この世界にあふれている。しかし、出会わなかったような出会いを思い出させてくれる存在なんてそうありはしないし、そうフィーチャーされることでもない。

とはいえ人は誰でも、本書の主人公のように忘れてしまっているような記憶のかけらを持っている。皆、重箱の隅をつつけば必ず出てくる思い出を知らぬ間に保管しているのだ。吉田さんはそれを鮮やかに小説にして見せた。だからこそ、読者である私たちは彼の作品に惹《ひ》かれてしまうのだと思う。

これを吉田修一の個性というならば、彼や作品がクリスマスやバレンタインデーのような存在にピックアップされるのも、自分では決してそれらを取り上げないこの個性に因《よ》るところが大きいと思う。芥川賞受賞後ほどなくして、女性ファッション誌ＪＪで連載を開始、初の恋愛小説もフジテレビ月９でドラマ化された。ＪＪと月９、どちらもスタイリッシュでメジャーな存在として広く知られている。そしてこれらが彼の名前の枕につくことが多かったことがある。まるで吉田修一という作家を表現するのに分かりやすい喩えだというように。けれど、吉田さんが実際作品にそれらの固有名詞を物事の特徴や個性を示すために取り上げたことなどない。いや描かないから、自身が選び取り焦点を当ててきたことが平日公休だからこそ、吉田修一はクリスマスのような存在に選ばれてきたのではないだろうか。分かりやすいスタイリッシュを選ばないのに、周りからは選ばれていく。こんな洗練さを実現している小説家が今、彼以外にいるのだろうか。本書はそんな事実を改めて教えてくれる作品でもある。

さて、作家になった後の吉田修一が出会っているのはどんな女たちだろう。私生活は闇の中だが、文学賞の授賞式や作家インタビューで編集者やライターといった彼の仕事仲間にはたまに会う機会がある。彼女たちと話してみると、育ちが良さそうだったり、都会的だったり、竹を割ったようだったり個性はいろいろ、でも皆さん仕事が出来る人ばかりだ。そして話せば話すほど彼女たちに吉田修一はとてもえこひいきされているのが分かる。漏れ聞こえてくるのは、彼女たちの特別扱いっぷりばかりである。

お世辞にも女性と誠実なお付き合いをしていない男ばかりが登場し、飲まず食わずの女を3日も放《ほう》っておいたり、別れた彼女の私物を手切れ金と一緒に送る、なんてことを書いても吉田さんは女たちからは厚い信頼と支持を得ている。それはきっと彼の描く女が、女に認められているからではないだろうか。

〝男が語る女〟は、女にとってリトマス試験紙のようだ。例えば昔つき合っていた女性をどう語るかで、その男性の評価がぐんと上がったり奈落《ならく》の底に落ちたりする（逆も、また真なりでしょう）。小説に関しても同じで、男性作家の描く女性にいちいちつっこみを入れてしまったこと、女性なら少なからずある気がする。そして小説だったら作者に対して毒づいたりもする。誤解を恐れず言うのなら、男が女を語る際、女は見くびっているところがあるように思う。どうせ分かるはずないんだけどね、ま、大目に見てあげようじゃないと。

逆に男性作家なのにどうしてこんなことまで分かっているのか、と思う場合ももちろんあるわけで、そんな時は感動よりもちょっといやだな、という気まずさが勝ってしまう。ここまでお見通しだとしたら、さて女はどうすれば良いのかと。とたんに男性を見くびっていた自分を恥じてしまったりする。吉田修一の小説はまぎれもなく後者だ。『女たちは二度遊ぶ』でも、異性にはあんまり知られたくなかった女たちの姿があちこちにある。そして人を恥じ入らせる小説は間違いなく希有《けう》であり、こんな感情もまた小説を読む醍醐味《だいごみ》なのだ。

本書は、株式会社ＫＡＤＯＫＡＷＡのご厚意により、角川文庫『女たちは二度遊ぶ』を底本といたしました。

女たちは二度遊ぶ

（大活字本シリーズ）

2023年11月20日発行（限定部数700部）

底　本　角川文庫『女たちは二度遊ぶ』

定　価　（本体3,100円＋税）

著　者　吉田　修一

発行者　並木　則康

発行所　社会福祉法人　埼玉福祉会

埼玉県新座市堀ノ内3—7—31　〒352—0023

電話　048—481—2181

振替　00160—3—24404

印刷製本所　社会福祉法人　埼玉福祉会　印刷事業部

ISBN 978-4-86596-610-7

大活字本シリーズ発刊の趣意

現在，全国で65才以上の高齢者は1,240万人にも及び，我が国も先進諸国なみに高齢化社会になってまいりました。これらの人々は，多かれ少なかれ視力が衰えてきております。また一方，視力障害者のうちの約半数は弱視障害者で，18万人を数えますが，全盲と弱視の割合は，医学の進歩によって弱視者が増える傾向にあると言われております。

私どもの社会生活は，職業上も，文化生活上も，活字を除外しては考えられません。拡大鏡や拡大テレビなどを使用しても，眼の疲労は早く，活字が大きいことが一番望まれています。しかしながら，大きな活字で組みますと，ページ数が増大し，かつ販売部数がそれほどまとまらないので，いきおいコスト高となってしまうために，どこの出版社でも発行に踏み切れないのが実態であります。

埼玉福祉会は，老人や弱視者に少しでも読み易い大活字本を提供することを念願とし，身体障害者の働く工場を母胎として，製作し発行することに踏み切りました。

何卒，強力なご支援をいただき，図書館・盲学校・弱視学級のある学校・福祉センター・老人ホーム・病院等々に広く普及し，多くの人人に利用されることを切望してやみません。